K씨의 신생활

K씨의 사생활

초판 1쇄 인쇄 2013년 01월 21일
초판 1쇄 발행 2013년 01월 28일

지은이   손 양 회
펴낸이   손 형 국
펴낸곳   해피소드
출판등록   2013. 1. 16(제2013-000004호)
주소   153-786 서울시 금천구 가산디지털 1로 168,
             우림라이온스밸리 B동 B113, 114호
홈페이지   www.book.co.kr
전화번호   (02)2026-5777
팩스   (02)2026-5747

ISBN 978-89-98773-00-7 03810

손양희 장편소설

K씨의 사생활

해피
소드

차 례

붉은 달

이른 아침, K씨는 카페테라스에 앉아 커피 잔을 손에 들고 있었다. 그는 평일 아침이면 늘 이렇게 토스트와 커피로 공복을 해결하곤 했다. 허나 그는 습관처럼 커피를 반 이상 남겼다. 처음 이 카페에 들어선 이후 줄곧 자신의 그런 버릇을 유지해왔다. 그는 식어버린 커피 잔을 테이블에 내려놓고 잠시 한 손으로 턱을 고인 채 생각에 잠겼다. 질 좋은 슈트는 몸에 흐르듯 잘 맞았다. 앉아 있는 모양새만으로도 그가 부족함 없이 자란 상위 계층이란 것을 알 수 있었다.

이윽고 그는 테이블 위에 놓여 있던 잡지를 뒤적이기 시작했다. 그의 시선은 잡지를 향하고 있었지만 그가 보고 있는 것은 화려하게 꾸민 모델들의 화보가 아니었다. 그의 시선 저편에서는 모델들의 목에서 피가 흐르는 것이 보였다. 새빨간 피가 잡지를 온통 적실 듯이 흐르고 있었다. 그는 오른손을 들어 천천히 피에 젖은 미인을 쓸어내렸다.

"일찍 나오셨네요?"

문득 지나가던 편집장이 인사를 건네자 K는 환각에서 깨어나며 입을 열었다.

"그저 커피 한 잔할 시간 정도였지. 자, 갑시다."

그는 자리에서 일어나 맞은편에 있는 사무실로 향했다. 불 꺼진 사무실은 고요했다. 그는 유유히 통로를 지나 자신의 방으로 향했다. 편집장의 흥얼대는 콧노래가 거슬려 출입문을 꽉 닫은 채 잠시 서성거렸다. 그것은 자신도 모르는 그의 습관이었다. 항상 직원들보다 일찍 출근해 사무실에 들어서면 지난 일을 떠올리며 흥분된 모습을 보였다. 이윽고 그는 천천히 손을 펴고 손바닥을 내려다보았다. 가지런히 파인 손금 사이로 피가 흐르는 것만 같았다.

'잘못했어요, 살려주세요.'

애타게 소리치던 여자의 목소리가 아른거렸다. 아무런 잘못도 없는 어린 여자에게 공포감을 주는 상황에서 이상하게 웃음이 나던 기억이 떠올랐다. 휘영청 밝은 달빛이 여자의 얼굴에 짙게 드리우고 있었다.

'널 살려줄게.'

그는 칠흑 같은 목소리로 말하고는 천천히 휘파람을 불었다. 바람이 그의 입술에 감겨들며 묘한 멜로디로 변해 갔다.

K는 그날 보았던 여자를 잊지 않았다. 그러나 여자는 그를 기억하지 못했다. 무슨 이유일까. 어쩌면 여자는 앙갚음을 하기 위해 자신을 찾아왔을지도 모른다. 생각이 거기까지 미치자 저도 모르게 웃음이 새어나왔다. 이윽고 그는 창가로 걸어가 아래를 내려다보았다. 이 시간쯤이면 여자가 사무실로 걸어오는 모습이 보였던 것이다. 아니나 다를까. 멀리서 여자의 모습이 눈에 띄었다. 아무것도 아닌 것 같았으나 어느덧 커다란 존재감으로 나타난 여자, L이었다. L은……, 여자는 …….

지난밤에 한창 써내려가다가 막힌 부분은 여전히 뚫리지 않는 듯, 뒷이야기가 전개되지 않는 상태였다. 지우는 아침 공기에 약간의 서늘함을 느끼며 점퍼를 끌어당겼다. 버스에서 내려 이어지지 않는 글귀를 떠올리며 걷다 보니 어느덧 사무실 근처에 다다르고 있었다. 그녀가 무의식적으로 고개를 들자 언제나처럼 준서가 아래를 내려다보고 있었다. 문득 그와 눈이 마주쳐 어색한 목례로 인사를 대신했다. 하지만 그는 인사를 받지 않았다. 가깝지 않은 거리였기에 확신할 수는 없었지만 그는 지우의 뒤를 넘어 먼 곳을 응시하고 있는 것 같았다. 지우가 잠시 걸음을 멈추고 뒤를 돌아보자 휴대폰을 만지작거리며 걸어오고 있는 은수의 모습이 보였다. 결국 준서는 지우를 넘어서 더 뒤편에 있던 은수를 주시하고 있었던 셈이었다.

"선배, 언제 왔어요?"

은수는 손이 닿을 거리 정도에 이르자 지우에게 인사를 건네며 웃어보였다. 두 사람은 변변치 않은 농담을 주고받으며 건물 입구에 도착해 엘리베이터에 올랐다. 지우는 5층 사무실로 향하는 짧은 시간 동안 드러나지 않는 시선으로 은수를 관찰했다. 젊은 여자 특유의 적당한 생기와 온화함을 지닌 그녀였다. 이윽고 엘리베이티기 5층에서 멈추고 문이 열리자 앞에 서 있던 은수가 먼저 내렸다.

"은수 씨."

언제 나타났는지 준서가 그녀에게 바싹 다가오다가 뒤이어 내리는 지우를 발견하고는 한 걸음 물러났다.

"지우 씨도 있었군."

준서는 피식 웃으며 잠시 지우를 바라보았다. 굳은 얼굴에 눈가는 잔뜩 찌푸린 상태였다. 창문 밖으로 지켜보고 있었으면서 은수에게만 시선을 고정시킨 채, 다른 것들은 눈에 들어오지 않았기에 지우가 그녀와 같은 라인으로 걸어오고 있는 것은 발견하지 못했을 터였다.

"대표님, 무슨 일 있는 건가요?"

옆에서 조심스럽게 은수가 부르자 준서의 시선은 지우에게서 은수에게로 옮겨 갔다.

"혹시 제가 무슨 실수라도 한 건가요?"

은수는 죄라도 지은 사람처럼 불안에 떠는 표정으로 시선을 떨어뜨렸다.

"아니, 그런 거 아니에요. 그냥 같이 모닝커피나 한 잔 하려고 했지."

어느새 환한 표정으로 바뀐 준서가 머쓱해하며 오른손을 들어올렸다. 마치 은수의 머리를 쓰다듬기라도 할 것처럼 허공에 손을 올리던 그는 이내 그녀의 등을 툭툭 치고는 얼굴을 보이지 않은 채 계단을 내려갔다. 태연함을 가장하기 위함인지 휘파람까지 불어대고 있었다. 계단 난간을 따라 멀어지는 휘파람 소리가 아득하게 울렸다. 은수는 그가 사라진 쪽에 시선을 둔 채 멍한 표정이 되어 있었다.

"뭐해, 안 들어가?"

보다 못한 지우가 질책하듯 말하자 그녀는 이내 지우를 보며 미소를 지었다. 은수는 자리에 앉은 뒤에도 뭔가 신경이 쓰이는 듯 찜찜한 표정이었다. 복도에서 마주친 준서에 대한 생각만 가득한지 맞은편에서 관찰하는 지우의 시선 따위는 알아채지도 못하고 있었다. 지우는 머릿속이 복잡해지는 것을 느끼며 복노로 나왔다. 자판기 커피를 뽑아든 채 담배에 불을 붙였다. 그것을 깊숙이 빨아들였다가 내뱉자 안개처럼 흐릿하게 퍼지는 연기 사이로 준서의 얼굴이 비치었다.

김준서, 그는 단순한 젊은 사업가가 아니었다. 남다른 환경과 존재감의 소유자인 그였으나 은수 앞에서는 항상 뭔가 다른 모습이 되었다. 그녀의 곁을 기웃거리며 농을 던진다거나 몸을 스치기도 했다. 허나 그것은 희롱이라 하기엔 경미했고 섬세했다. 무슨 이유일까. 지금까지 관찰해온 그의 성향으로 보아 은수에게 하는 행동 하나하나에도 저마다의 의미가 담겨 있을 거라 짐작되었다. 대체 두 사람의 과거는 어떤 끈으로 얽혀있는 것인가.

머릿속은 점점 더 엉켜들고 있었다. 지우는 신경질적으로 담배를 비벼 끄고는 커피를 물처럼 벌컥벌컥 마셨다. 늘 두 사람의 관계에서 막혀 소설 역시 진전이 되지 않고 있었다.

지우가 준서의 존재를 알게 된 건 몇 달 전, 정우를 통해서였다. 정오가 다 되도록 늦잠을 자고 일어나 주린 배를 채우기 위해 말라붙은 식빵을 뜯던 주말이었다. 예고도 없이 불쑥 찾아온 정우는 두 손 가득 먹을거리를 손에 든 채 벨을 눌렀다.

"아직도 이러고 사니?"

그는 어지럽혀진 원룸 안으로 들어오며 인상을 찌푸렸다.

"갑자기 무슨 일이야?"

지우가 묻자 정우는 이내 밝은 표정으로 변하며 손에 든 비닐봉지를 내밀었다.

"일단 먹기나 하자."

두 사람은 맨바닥에 신문지 하나 깔지 않은 채로 만두와 김밥, 떡볶이 등의 분식을 펼쳐놓고 입에 넣기 시작했다. 문득 정우는 젓가락을 내려놓고 지우가 허겁지겁 음식물을 밀어 넣는 모습만 지켜보았다.

"……왜?"

지우는 여전히 입 안 가득 음식을 담은 채 물었다. 그는 대답 없이 피식거렸다. 이윽고 그는 천천히 집 안을 둘러보기 시작했다. 싱크내에 수북이 쌓인 그릇들과 현관 앞에 놓아둔 채 아직 버리지 않은 쓰레기봉투, 낡은 컴퓨터 옆에 쌓인 종이컵들을 기웃거리던 그는 다시 컴퓨터 앞 의자에 앉아 지우를 주시했다. 속을 알 수 없는 묘한 미소가 번지고 있었다. 그러나 지우는 개의치 않고 계속해서 배를 채워나갔다.

"이렇게 사는 거 지겹지 않니?"

그가 오랫동안 대필 작가로서 근근이 수입을 얻어 살아온 지우에게 이런 말을 꺼낸 적은 처음이었다. 지우가 그의 말의 뜻을 파악하기 위해 잠시 고민할 때, 그는 태연히 그녀에게 가까이 다가와 앉으며 맥주 캔을 꺼내었다. 캔을 따서 그녀에게 건네고 자신의 몫으로 하나 더 꺼내 드는 그의 모습은 흡사 미팅 자리에 나온 대학생 같았다.

"지겹지 않아. 내가 만족하면 그만 아닌가."

"네 생활습관을 지적하기 위해서 꺼낸 말은 아니야."

그는 생글생글 웃으며 맥주를 마셨다. 지우 역시 그를 보고 있자니 왠지 모르게 갈증이 느껴져 그를 따라 캔을 비우기 시작했다.

"큰돈을 벌고 나면 네가 살고 싶은 대로 살 수 있잖아."

그는 벌써 두 개 째의 맥주를 비우고 있었다. 지우는 그의 말의 의도가 파악되지 않아 물끄러미 그를 바라보았다.

"그래서 네가 큰돈을 벌게 해주겠다는 거야?"

지우의 물음에 그는 조용히 고개를 끄덕였다. 순간 실소가 터졌다. 지우는 맥주를 마시다 웃다가, 다시 마시다 웃다가를 반복해댔다. 그의 표정은 진지했지만 지우는 농담 몇 마디로 그의 말을 받아치며 빈 맥주 캔을 내려놓고 새것을 집어 들었다. 자꾸 웃음이 나왔다. 지우는 스스로 입막음을 하듯 맥주를 꿀꺽꿀꺽 삼켰다. 속이 싸해지며 약간의 취기가 오르기 시작했다. 그는 얼마 전 사업을 한다고 나서다가 빚만 잔뜩 지고는 조그만 가게를 꾸리며 간신히 살아가고 있는 상황이었다. 그런 그가 꺼낸 말이었기에 진지하게 들리지 않을 수밖에 없었다.

"그래서 어떻게 해줄 건데?"

지우는 피식거리며 물었다. 묵묵히 그녀를 쳐다보던 그는 이내 지갑을 열고 명함 하나를 꺼내 건넸다.

"그 사람이 사업을 확장한다고 해. 그의 직원이 되어서……"

정우의 말이 아득하게 울렸다. 지우는 피로를 느끼며 분식이 담겨 있었던 일회용 용기들을 구석에 밀어 놓고 자리에 누웠다. 팔을 얼굴 쪽으로 가져가 명함을 살펴보았다. 정우는 옆에서 계속 뭔가 말하고 있었다.

"……그는 내 이복형이야. 나에게는 유산 상속권이 있어. 그런데 아버지라는 작자는……"

어느덧 정우가 가까이 다가왔다. 그는 지우에게 몸을 포긴 채로 그녀의 얼굴을 들여다보았다.

"어때? 생각 있어?"

"뭐가?"

"그의 약점을 캐는 것."

찰나의 순간에 그의 손바닥이 지우의 뺨을 쓸고 지나갔다.

그와 그녀는 어떻게 시작 된지도 모르게 서로의 옷깃을 열고 있었다. 입을 맞출 새도 없이 빠른 몸놀림으로 하나가 되었다. 지우의 시선에 천장이 빙빙 돌고 있었다.

한참 후 정우는 지우에게서 떨어져 누웠다. 지우는 옷매무새를 정리하지도 않은 채로 바닥을 더듬었다. 정우가 불을 붙인 담배를 권할 때쯤 명함을 다시 찾아 들여다볼 수 있었다. 그녀는 '대표 김준서'라고 적힌 명함을 한참을 들여다보았다.

"그러니까 이 사람이 너의 이복형인데 아버지의 유산을 독차지했다는 거야?"

"말하자면 그런 셈이지."

정우는 담배 연기를 길게 내뿜으며 씁쓸한 표정이 되었다.

"그럼 소송이라도 걸어."

지우는 답답함을 느끼며 일어나 앉았다. 문득 그가 애처롭다는 생각이 들어 저도 모르게 손을 뻗어 그의 뒷목을 어루만졌다. 그가 고개를 돌려 지우를 멍하니 바라보았다. 대학시절 그는 여자아이들을 몰고 다니며 비싼 밥을 사거나 드라이

브를 하는, 깨나 그럴듯한 존재였다. 그러나 어느 순간부터 그는 아르바이트로 학비며 생활비까지 충당해야 하는 고학생이 되어 있었고, 그의 곁을 맴돌던 여자아이들은 흔적조차 없어졌다. 지우는 그에게 정확히 어떤 사연이 있었는지는 알지 못했다. 그저 대학을 졸업하고 한참 뒤에 우연히 만난 이후로 지금껏 가깝지도 않고 멀지도 않은 사이를 유지하고 있는 것이었다.

"네 프로필 정도면 어렵지 않을 거야"

정우는 여전히 이복형의 회사에 입사하라는 권유를 하고 있었다. 그의 눈은 제법 진지함으로 깊어져 있었다.

그로부터 일주일 후, 지우는 정우가 권하던 회사에서 최종 인터뷰에 대한 연락을 받고 집을 나서게 되었다. 편집장과의 인터뷰 이후 두 번째 방문이었다. 그녀는 빛바래고 낡은 정장이 신경 쓰여 연거푸 어깨를 털어내며 엘리베이터에서 내렸다.

'정상적인 방법으로는 그를 이길 수 없어. 아버지도 그를 이기지 못해서 재산을 모두 그의 명의로 돌리고 자취를 감추었

거든.'

정우에게서 들었던 말이 귓가에서 아른거렸다. 최종 면접에 대한 긴장보다는 김준서라는 인물을 직접 보게 된다는 기대가 더욱 컸다. 지우는 심호흡과 함께 대표의 방으로 들어섰다. 소파에 나란히 앉아 있던 두 남자가 동시에 고개를 들고 그녀를 바라보았다. 한 남자는 삼십대 중후반쯤에, 반듯한 얼굴과 서늘한 눈동자를 가진 샤프한 외모였다. 다른 남자는 중년에 접어든 듯이 보였으며 굵직한 인상에 가늘고 긴 눈을 지닌, 험상궂은 모습이었다.

"어서 와요."

자리를 권한 건 샤프한 쪽이었다. 지우는 목례를 하고 그들의 맞은편에 앉았다.

"어제 무슨 꿈 꿨어요?"

"꿈은 꾸지 않았습니다."

그녀는 의외의 질문에 대답하며 그를 주시했다. 아무래도 샤프한 쪽이 임원이며, 험상궂은 쪽이 대표일 거라는 생각이 들었다.

"어떤 날씨를 좋아하죠?"

연거푸 엉뚱한 질문을 받자 당혹스러워졌다. 지우는 가까스로 질문에 대답하며 옆에 앉은 험상궂은 쪽으로 시선을 주었다. 허나 그는 인터뷰 따위는 자신과 상관없는 일이라는 듯 창가 쪽으로 고개를 돌린 채 꼼짝하지 않았다.

"취미가 뭐예요?"

다시금 샤프한 남자의 질문이 이어졌다. 아무래도 사원 인터뷰가 아닌 맞선 자리쯤으로 착각하는 듯했다. 순간 지우는 저도 모르게 쿡 하고 웃음을 터뜨렸다. 그러나 이내 입을 가린 채 웃음을 수습하고는 다시금 정색하며 그를 마주보았다. 샤프한 남자는 그녀의 그런 행동 하나까지 놓치지 않고 살피고 있었다.

"현지우 씨."

문득 웃음기 없는 서늘한 표정으로 그가 불렀다.

"뽑아드리죠."

"네? 무슨 말씀이신지……."

그는 그녀의 질문에도 아랑곳없이 다음 말을 이어갔다.

"그럼 다음 주부터 출근해요."

지우는 어리둥절한 채로 사무실을 나섰다. 임원이라고 생각했던 샤프한 남자가 바로 대표인 김준서인 모양이었다. 그녀는 고개를 갸웃거리며 휴대폰을 꺼내 들었다. 정우는 신호음이 몇 번 울리기도 전에 전화를 받았다.

"혹시 너, 네 형에게 나를 뽑아달라고 부탁이라도 한 거야?"

지우가 다짜고짜 물었다.

「천만에. 아마도 네가 나의 측근인 걸 알기라도 하는 날엔 바로 해고할걸.」

"그런데 왜 그런 식으로 말을 하는 거지. 뽑아드리죠 라고 했어."

그녀는 정우에게 화풀이라도 하는 듯 신경질적으로 말했다.

「제 잘난 맛에 사는 인간이라 그래. 모두를 자기 아래라고 생각하지.」

정우는 묵묵히 대답했다. 문득 이상한 기분이 든 지우가 뒤
돌아보자 김준서가 조금 전 함께 있던 남자와 함께 건물을 빠
져나오고 있었다. 그 역시 옆으로 고개를 돌리다 그녀를 발견
하고는 의미심장하게 미소를 지으며 횡단보도 쪽으로 걸어갔
다. 소매를 걷어 올린 채 바지 주머니에 손을 집어넣은 모습이
었다. 그녀는 그가 횡단보도를 건너서 맞은편 인도로 걸어가
는 모습을 내내 바라보며 서 있었다. 그의 은색 넥타이핀이 햇
빛을 받아 독특하게 빛나고 있었다.

집으로 돌아온 후에도 준서의 모습은 쉽사리 사라지지 않
았다. 제 잘난 맛에 사는 인간이라…… 정우의 표현대로 그는
남부러울 것 없이 풍족한 삶을 영위해온 젊은 재력가로 보이
기에 충분했다. 눈동자를 내린 채 흘겨보는 듯이 상대방을 쳐
다보는 눈은 묘하게 아름다웠다. 지우는 습관처럼 컴퓨터를
켜고 모니터를 뚫어지게 바라보았다. 뭐든 기록해야 할 것 같
았다. 그러나 그의 독특한 첫인상과 정우에게 얼핏 들은 그의
가족사가 머릿속에서 뒤엉킨 채 하나의 끈으로 끄집어지지가

않았다. 발코니 창을 열고 노을 지는 하늘을 올려다보며 담배 한 갑을 거의 다 비울 때쯤 손가락이 움직이기 시작했다. 그에 대한 얕은 정보에 자신의 상상이 더해지며 되는대로 써내려갔다.

비가 추적추적 내리고 있었다. 남자는 담배를 입에 문 채 차를 몰았다. 필터까지 타 들어가고 있는 담배에 아슬아슬하게 걸려 있는 재가 툭 하고 그의 다리 위로 떨어졌다. 그러나 뜨거움도 느끼지 못하는지 여전히 표정변화 없는 얼굴로 정면을 쏘아보고 있었다. 밤의 도로는 적막함이 느껴질 정도로 한산했다. 그에게 말벗이라도 되어주려는 듯 떨어지는 빗소리만이 귓가를 자극할 뿐이었다.

그는 핸들을 꺾으며 트렁크에 준비된 물품을 머릿속에 떠올렸다. 자루와 삽, 로프 등 필요한 것은 빠짐없이 트렁크 속에 넣어두었다. 충혈 된 눈동자 속에 아름다운 여자의 얼굴이 비치었다. 십여 년을 살면서 한 번도 다정한 대화를 해본 적이 없는 그의 아내였다.

차를 세워둔 후 현관문을 열자, 아내가 냉랭한 얼굴로 그를 맞이했다. 도우미는 이미 돌아갔는지 커다란 거실이 썰렁했다.

"찌개 식으니까 손만 씻고 나와요."

아내는 재빠르게 그에게 등을 돌린 채로 주방으로 향했다. 웨이브 진 긴 머리가 탄력 있게 허리춤에서 흔들리고 있었다. 잘록한 허리는 아이를 낳은 후에도 달라지지 않았다. 아내의 뒷모습을 바라보던 그의 눈이 젖어들고 있었다.

손을 씻고 나온 그가 식탁에 앉자, 아내는 찌개와 밥을 그의 앞에 내려놓고는 방으로 들어가기 위해 몸을 돌렸다.

"잠깐, 좀 앉아봐."

그가 말하자 아내는 의아한 얼굴로 그를 바라보았다.

"혼자 먹기가 쓸쓸한데 앞에서 좀 기다려줘."

그는 차마 아내의 얼굴을 올려다보지 못한 채 밥을 씹어 넘기며 빠르게 말했다. 아내는 잠시 머뭇거리다가 귀찮은 표정이 역력한 얼굴로 맞은 편 의자에 걸터앉았다. 아내 앞에서 숟가락으로 밥을 뜨는 그의 손이 부들부들 떨려 왔다. 이가 딱딱 부딪혀서 제대로 씹기도 어려울 지경이었다.

"배…… 배가 거북해서 먹기가 어렵군."

그가 마침내 숟가락을 내려놓으며 말하자 아내는 기다렸다는 듯 식탁을 치우기 시작했다. 반찬은 다시 냉장고 속으로 넣고, 다 비워지지 않은 밥과 찌개 그릇은 그대로 싱크대 속으로 들어갔다. 이윽고 아내는 그를 돌아보지도 않은 채 종종 걸음으로 거실 쪽으로 향하기 시작했다. 그 뒷모습을 지켜보던 그는 엉거주춤 일어났다가 이내 결심한 듯 아내에게 달려갔다. 그가 아내를 붙잡은 채 손에 힘을 주자 아내는 맥없이 무너졌다. 피는 그녀의 몸을 타고 바닥으로 흐르기 시작했다. 바닥에 쓰러지듯 주저앉은 아내의 몸이 경련을 일으켰다.

"십 년 동안 나와 살면서도 늘 그놈 생각뿐이었겠지."

그는 아내의 등에 꽂힌 칼을 빼냈다. 피는 더욱 세차게 쏟아졌다. 빼든 칼을 다시금 복부에 찔러 넣자 아내의 몸은 움찔 했다. 그녀의 피가 바닥을 적시며 흐르기 시작했다. 온 집안이 핏빛으로 물드는 것만 같았다.

십여 년 전, 그는 한 재력가의 연회장에서 아내를 처음 보았다. 그녀는 화려하게 꾸민 미인들 중에서도 가장 눈에 띄는 미모를 가진 여자였다. 한눈에 그녀가 마음에 들었던 그는 적극적으로 그녀에게 다가 갔으나, 그녀는 오래 전부터 마음을 나누는 연인이 있다는 이유로 그를 거부했다. 뒷조사를 해보니 별로 내세울 것도 없는 고학생이었다. 그는 오히려 다행이라는 생각을 하며 사고를 꾸며냈고, 그녀는 실종된 애인을 찾을 생각도 하지 못하고 그의 청혼을 받아들였다. 그렇게 한 집에 살게 된 아내는 십여 년을 살면서 단 한 번도 다정한 말을 건넨 적이 없었고, 희미한 미소조차 보인 적이 없었다. 그는 늘 아내의 긴 머리가 흔들거리는 뒷모습을 바라보며 씁쓸한 웃음을 삼켜야 했다.

"이제 알았어. 넌 이런 식으로 복수하려고 했던 거지."

그는 울먹이며 중얼거렸다. 피투성이가 된 그녀의 몸 위로 눈물이 뚝뚝 떨어졌다. 고통을 느끼는 그녀의 눈동자 또한 눈물로 차오르고 있었다.

"여보……."

문득 그녀가 가까스로 목소리를 내어 그를 불렀다. 그의 손에 죽어 가는 상황에서 처음으로 그를 '여보'라고 부른 것이었다. 그는 피 묻

은 손으로 그녀의 뺨을 어루만지며 다음 말을 기다렸다. 새삼스럽게

설레는 감정마저 느껴지고 있었다.

"아이가 봐…… 아이가 보고 있어."

그녀가 의외의 말을 토해내자 그는 다급하게 고개를 돌려 넓은 거

실을 둘러보았다. 아이는 자신의 방에서 문을 조금 연 채로 그를 바

라보고 있었다. 그는 순간 칼을 떨어뜨리며 피범벅이 된 손을 상의에

닦아내고는 아이에게 달려갔다.

"이 시간에 잠도 안 자고 뭐하는 거야? 어서 침대로 가!"

그는 신경질적으로 아이를 침대에 밀어 넣고는 문을 세게 닫았다.

혹시라도 아이가 다시 나올까 싶은 생각에 커다란 책장을 끌어다 아

이의 방문을 막아버리고는 한숨을 쉬며 돌아섰다. 쓰러진 아내에게

돌아가 보니 이미 숨이 끊어진 상태였다. 그녀에게서 쏟아진 피는 주

방 가까이까지 밀려가고 있었다.

집으로 돌아오는 길에서부터 시작된 비는 이제 폭우가 되어 쏟아졌

다. 적막한 집안에 빗소리만 가득했다. 거실 바닥에 번져 가는 붉은

피를 바라보자 마침내 자신이 지금 무슨 짓을 저질렀는지 깨닫게 되

며 가슴 가득 고통이 차올랐다. 그는 아내의 주검 옆에 주저앉아 소
리 내어 흐느꼈다.

그날 이후 아이는 한동안 정신을 차리지 못할 정도로 심한 열병을
앓기 시작했다. 며칠간 병원에서 치료를 받다 퇴원하고 집으로 돌아
오는 날, 아이는 뒷좌석에 앉아서 그에게 물었다.

"아빠, 엄마는 어디 있어?"

"엄마는 외할머니에게 갔어. 며칠 밤 자고 나면 올 거야."

대충 둘러대자 아이는 알아들었는지 입을 다물었다. 그러나 저녁식
사 때가 되어 식탁에 앉자 아이는 또다시 말했다.

"엄마는 어디 있어?"

"며칠 밤 지나면 온다니까. 얼른 밥이나 먹어라."

그는 조금 언성을 높이며 아이 앞에 죽 그릇을 내려놓았다. 아이는
그것을 몇 술갈 떠먹다가 입맛에 맞지 않는지 숟가락을 내려놓았다.
묵묵히 밥을 씹어 삼키는 그를 바라보던 아이는 또다시 말했다.

"엄마는 어디 있어?"

"너 대체……."

그는 성이 난 채 고개를 들었다가 말문이 막히고 말았다. 아이의
눈동자는 뻥 뚫린 듯 아무런 감정도 느껴지지 않았던 것이다.

"엄마는 죽었잖아. 엄마 어디 있어? 어디다 묻었어?"

아이의 말에 그는 흠칫하며 몸을 떨었다. 아이에게 두려움마저 느
껴진 그는 벌떡 일어나 아이를 식탁 앞에서 끄집어내었다.

"너 무슨 말을 하는 거야? 그건 꿈이라고 얘기했지!"

그는 가차 없이 아이의 엉덩이를 때리기 시작했다. 이제 겨우 아홉
살이 된 어린 아이였던 K는 울지도 않고 그의 매를 맞고 또 맞았다.

피에 젖은 미인

지우의 첫 출근 이후로 며칠 후, 회식을 하는 날이었다. 편집부 직원들과 임원진 몇 명만 참석하는 자리였다. 준서는 사무실에서 멀지 않은 곳에 위치한 고급스런 레스토랑으로 직원들을 이끌고 들어섰다. 그의 옆에는 그림자처럼 험상궂은 인상의 남자가 붙어 있었다. 그의 직책은 영업 부장이며, 준서와 오랜 친구사이라고 했다. 같은 날 입사한 또래 여직원의 수다를 들으며 예약된 자리에 도착하자 이미 휘황찬란한 음식과 칵테일이 세팅 되어 있었다. 지우는 순간 뭔지 모르게 위축되는 기분을 느끼며 조심스레 자리에 앉았다.

"배고플 텐데 우선 식사부터 하죠."

준서가 말하며 포크를 들자 모두들 마치 기다렸다는 듯 식사를 시작했다. 대부분의 직원들은 와서는 안 될 자리에 온 듯 소곤거리며 경건한 태도로 음식을 입에 넣었다. 지우는 음식에 관심을 갖는 척 스테이크를 자르면서도 곁눈질로는 준서를 관찰하고 있었다. 노타이 차림에 화이트골드 목걸이와 팔찌가 드러나게끔 단추를 적당히 푼 셔츠 사이로 하얀 피부가 눈에 들어왔다. 뭐가 즐거운지 입가에는 미소가 가득했다. 그때 문득 몸에 피트 되는 검은 원피스를 입은 여자가 걸어와 준서의 어깨를 툭툭 치고는 귓속말을 속삭였다. 여자의 단발머리가 그의 한쪽 얼굴을 가리며 찰랑거렸다. 이윽고 그는 자리에서 일어나 여자와 함께 바 쪽으로 걸어갔다. 지우는 고개를 내밀었지만 그와 여자의 모습은 시야에서 사라진 채 더는 보이지 않았다.

"지우 씨, 뭐 필요해요?"

문득 영업 부장이 지우를 보며 물었다.

"아뇨, 그냥……."

지우는 애써 아무렇지도 않은 척 웃으며 칵테일 잔을 들었다. 영업 부장은 뭔가 알고 있다는 듯 묘한 미소를 지으며 담배를 꺼내었다.

"저 여자 분은 이 레스토랑의 주인이에요. 김 대표와는 비교적 가깝게 지내는 사이죠."

영업 부장은 고개를 돌리고 구석에 연기를 내뿜고는 다시 그녀를 바라보았다. 그 시선은 마치 뭘 더 알고 싶냐고 묻는 것 같았다. 그녀는 한껏 미소를 지어보이고는 자리에서 일어났다. 화장품 가방을 손에 드는 것 또한 잊지 않은 채였다. 또각또각 구두 소리를 내며 화장실 쪽으로 걷다가 준서가 사라진 바 쪽을 두리번거렸다. 준서와 주인 여자는 나란히 벽에 기대고 앉아 여자가 손에 들고 있는 휴대폰을 보고 있었다. 함께 보며 웃는 것으로 보아 같이 찍은 사진쯤 될 것이란 생각이 들었다. 구두 소리가 제법 요란하게 울렸지만 두 사람은 전혀 신경 쓰이지 않는 듯했다. 여자는 그의 품에 기대고 그의 팔은 여자의 어깨에 둘러져 있었다. 지우는 무심한 척 두 사람 곁을 지나 화장실로 들어왔다. 옷매무새를 정리하고 화장을 고친 후에 나오자 어느새 두 사람은 사라지고 없었다. 자리로 돌아가자 준서도 자신의 자리로 돌아와 앉아 직원들에게 농담을 던지고 있었다.

어느덧 종업원들이 다가와 메인 요리가 담겨 있던 접시를 치우고 위스키와 와인을 내 왔다. 편집장이 따라 준 와인에 치즈를 썹고 있을 때쯤 준서가 말을 건넸다.

"지우 씨, 어때요, 맘에 들어요?"

대표가 친히 묻자 모두가 지우를 주목했다. 그녀가 대충 얼버무리듯 좋다고 대답하며 다시 잔을 집어 드는데, 맞은편에서 상당히 따가운 시선이 느껴졌다. 지우가 고개를 돌려 시선이 느껴지는 곳을 바라보자 아직 몇 마디 해보지 못한 여직원이 그녀를 쳐다보고 있었다. 적개심이 느껴지는 눈빛에 오싹할 지경이었다. 지우는 개의치 않고 미소로 받아치며 와인을 넘겼다. 여자는 잠시 동안 그녀에게 시선을 주다가 양주잔을 들었다. 연거푸 스트레이트로 마시는 듯했다. 여자를 자세히 관찰해 보니 이미 눈이 풀린 상태였다. 지우는 여자가 왜 자신을 적개심에 찬 눈으로 쳐다보았는지 알 것 같았다. 그 적개심의 이유는 아마도 준서일 것이다. 지우는 상황이 더욱 흥미로워지길 바라며 여자를 바라보았다. 차라리 그녀가 깊이 취한 채 준서에게 주정이라도 부렸으면 하는 마음이 들었다.

밤이 깊어지자 영업 부장과 함께 뭔가 이야기를 주고받던 준서가 자리에서 일어났다. 그는 취기 오른 직원들에게 인사를 건네고는 출입문으로 향했다. 영업 부장 역시 그와 함께 움직이고 있었다. 지우는 무의식적으로 적개심에 차 있던 여직원을 쳐다보았다. 아니나 다를까 그녀는 준서를 놓칠 새라 그 뒤를 따라 나갔다. 지우는 태연하게 와인을 넘기며 사람들과 몇 마디를 주고받고는 통화라도 하는 척 휴대폰을 들고 출입문 밖으로 나왔다. 건물 로비에선 이미 그들의 모습이 보이지 않았다. 그녀는 다급하게 건물 밖으로 나가 보았다.

"사장님! 저한테 왜 이러세요?"

짐작대로 여자는 준서에게 매달리며 울먹이고 있었다.

"우리 가벼운 사이 아니었잖아요! 이러지 마세요!"

여자가 팔을 붙들고 매달려도 준서는 묵묵히 고개를 돌리고 있었다. 잠시 미간을 찌푸리던 그는 천천히 고개를 돌려 여자를 바라보며 말했다.

"가벼운 사이고 뭐고…… 아무것도 아니었어. 아무것도 아닌데 괜한 의미를 두면서 집착하지 마."

그는 여자를 달래기라도 하듯 나지막이 말했다.

"얘기 좀 해요, 이러지 말고 우리 어디 가서 얘기 좀 하자고요."

그러나 여자는 막무가내로 매달렸다. 그때 준서가 고개를 들어 근처에 있던 영업 부장을 바라보았다. 무슨 눈짓이라도 했는지 영업 부장이 재빨리 다가와 여자의 손목을 잡아끌었다.

"금방 따라갈게."

여자를 제압한 영업 부장이 말하자 준서는 고개를 끄덕이고는 마침 대기하고 있던 택시에 올랐다. 여자는 생이별을 당하는 사람처럼 준서를 부르며 울먹였다. 어느덧 준서가 오른 택시가 시야에서 멀어지자 여자는 잡히지 않은 손을 들어 올려 영업 부장의 뺨을 후려쳤다. 피할 새도 없이 뺨을 맞은 영업 부장은 여자의 가슴팍을 밀어버리며 신경질적으로 손을 들어 올렸다.

"이게 진짜!"

겁먹은 여자가 움츠러들자 영업 부장은 숨을 크게 내쉬었다. 화를 삭이려는 것이었다. 그는 곧 담배를 입에 물고 불을 붙이며 말했다.

"너 준서가 어떤 사람인지는 아냐?"

답변을 요구하는 질문은 아니었으나 여자는 아무런 대답이 없었다. 영업 부장은 담배연기를 길게 내뿜고는 말을 이었다.

"그냥 출판업자 정도가 아니다. 앞으로는 나대지 않는 게 좋을 거야. 뭘 모르니까 지금껏 까불었겠지? 응?"

그는 담배를 바닥에 버리고는 발로 비벼댔다. 지우는 그가 택시를 잡기 위해 손을 뻗는 모습까지 본 후 다시 레스토랑으로 돌아왔다. 여자가 걱정되었지만 함부로 나타나서 챙길 수는 없는 상황이었던 것이다. 자리에 돌아와 앉은 후 다시금 술잔을 기울이며 동료들과 떠들기 시작했지만 머릿속에는 조금 전 보았던 상황만 가득했다. 레스토랑 여주인과 부하 여직원. 여성편력이라 할 만하다 싶었다.

집으로 돌아온 지우는 짙게 뽑은 원두커피를 가져다 놓고 컴퓨터를 켰다. 준서에 관한 기록을 써내려가는 파일을 열어둔 채 잠시 생각에 잠겼다. 그의 여성편력은 어디에서 온 것일까. 어쩌면 그에게 배다른 형제를 만들어준 아버지에게 영향받은 것은 아닐까.

"네가 그 녀석이로군."

K는 한쪽 입술 끝을 올리며 피식 웃었다. 소년은 저도 모르게 위축되어 머뭇거렸다. 강인한 인상에 눈빛이 너무나도 깊어서 똑바로 쳐다보기가 어려웠다.

"조심해. 그가 네 어머니도 죽일지 몰라."

k의 말에 소년은 흠칫 놀라며 그를 쳐다보았다. 하지만 그는 더 이상의 할 말은 없다는 듯 계단을 내려가기 시작했다. 이윽고 대문 안으로 들어선 아버지가 그를 불렀지만 그는 들은 체도 하지 않고 문 밖으로 나가버렸다. 아버지는 한동안 멍하니 그를 바라보다가 고개를 설레설레 저으며 현관 쪽으로 올라왔다. 소년은 알 수 없는 감정을 느끼며 집 안으로 들어섰다.

넓은 거실은 이상하게도 황량해 보였다. 다 갖춰둔 집안이지만 뭔가가 빠져 있는 느낌이었다. 소년은 들뜬 채 거실의 물건들을 구경하고 있는 어머니를 뒤로하고 자신이 쓰게 될 방으로 들어왔다. 널찍한 방에는 넓은 침대와 책상이 자리 잡고 있었다. 그 옆에 커다란 책장은 텅 비어 있었다. 아마도 조금 전에 마주친 그의 이복형이 서둘러 짐을 뺀 것이리라 생각하며 고개를 돌렸다. 열린 창문 위로 커튼이 하늘거리고 있었다. 소년은 멍하니 눈앞에서 흔들리는 흰 커튼을 바라보았다. 앞으로 살아갈 날들이 아득하게만 느껴졌다.

문득 책상 앞에 다가가자 작은 액자 하나가 보였다. 호기심에 집어

들고 살펴보니 눈에 띄는 미모를 지닌 젊은 여인의 사진이 있었다. 누구라도 한번쯤 돌아봤을 것 같은 여인의 모습은 이복형의 얼굴과 닮아 있었다. 순간 소년은 그녀가 아버지의 전 부인이라는 것을 깨달았다. 오래 전에 실종되었다는 전 부인의 아름다운 얼굴을 보자 소년은 저도 모르게 슬픔에 빠졌다.

음식점 안은 시원했다. 무더위로 지친 몸을 식히기에 충분했다. K는 시원한 공기를 만끽하며 물을 벌컥벌컥 마셨다. 이윽고 종업원이 주문한 스테이크를 가져다놓자 점심을 먹은 지 얼마 되지 않았음에도 불구하고 식욕이 당기었다. 적당히 구워진 고기를 잘라 입에 넣을 때 맞은편에 앉은 외삼촌이 말했다.

"그 친구가, 내 여동생과 살 때부터 외도하던 여자와 그 아이를 불러들였단 말이지. 내 여동생은 어디에인지 모르게 잃어버리고, 내 조카는 내쫓았다는 것이고."

외삼촌은 시니컬하게 말하며 웃었다.

"제가 나온 거예요, 삼촌."

K는 허기진 사람처럼 고기를 씹으며 대답했다.

"어찌되었든 네 아버지는 죄 값을 치러야 해."

외삼촌이 단호하게 말했다. K의 외가는 남다른 집안이었다. 정계와 가까우며, 판검사 출신이 여럿이었고, 할아버지는 정계를 떠난 지금도 권력을 유지하고 있었다.

"처음부터 네 아버지는 변변치 않은 집안의 외아들이었지만 재산은 누구에게도 뒤지지 않을 만큼 넉넉했지. 그래서 혼인을 허락한 거야."

외삼촌은 잠시 동안 허공을 쏘아보았다. 애틋했던 여동생이 실종된 후, 남은 애정을 모두 조카에게로 쏟아 붓는 그였다. 그에게는 남은 조카가 자신의 친자식들만큼이나 중요했다.

"네 아버지의 재산은 모두 네 차지가 될 거다."

외삼촌이 조용히 말하자 K는 의아한 표정이 되었다.

"돈이라면 집을 나오면서 충분히 받았어요."

"그 정도로는 부족해. 그 친구가 가진 모든 걸 너에게 줄 생각이다."

몇 달 후, K는 외삼촌과 함께 종종 아버지의 집에 드나들게 되었다. 그럴 때마다 아버지의 재산은 조금씩 그에게 넘어왔다. 무엇 때문에 아버지가 순순히 외삼촌의 말에 수긍하는지는 알 수 없었지만 마침내 대부분의 재산이 K에게 넘어오게 되었다.

마지막으로 아버지를 방문하던 날, 대문 앞에서 벨을 눌러도 집안에선 아무런 기척이 없었다. 가사도우미조차 응답이 없는 것이 이상하게 여겨진 두 사람은 K가 지니고 있던 열쇠로 대문과 현관을 열고 안으로 들어섰다. 넓은 거실은 깨진 유리조각과 가전제품들로 즐비했다. 가끔씩 핏자국도 보였다. K가 아버지를 부르자 구석 쪽방에서 열일곱이나 여덟 쯤 되어 보이는 소년이 나타났다. 교복을 입은 채로 축 늘어진 어깨를 하고 있는 소년은 쭈뼛거리며 두 사람에게 다가왔다.

"집안이 왜 이래? 부부싸움이라도 한 거야?"

K가 묻자 소년은 풀죽은 표정으로 고개를 숙였다. 희멀건 얼굴은 곧 쓰러질 듯 위태로워 보였다.

"쯧쯧…… 그만 돌아가자."

외삼촌은 거실을 둘러보며 더럽다는 듯 혀를 차고는 밖으로 나갔다. K는 그를 따라 현관을 나서려다가 멈칫 하고는 고개를 돌려 소년

을 바라보았다. 잔뜩 주눅 든 채 우울함에 찌들어 있는 소년의 얼굴

을 보며 뭐가 즐거운지 빙글빙글 웃었다.

"조심하라는 말 잊지 않았겠지?"

K가 말하자 소년은 의아한 얼굴로 그를 바라보았다.

"나의 어머니는 좋은 가문에서 귀하게 자란 분이셨어. 그런데도

하찮은 아버지에게 죽임을 당하셨지. 하물며 네 어머니는 어떻지? 싸

구려 술집에서 술이나 따르던 작부였지. 그러니 더 조심해야 할 거

야."

소년은 자신의 어머니를 모욕한 것에 대한 분노와 살해당했다는

말에 대한 두려움이 뒤섞인 복합적인 표정으로 K를 바라보았다. 그러

나 K는 소년의 반응 따위는 상관없다는 듯 비웃음을 남기며 현관을

나갔다.

낮은 휘파람

은수가 합류한 건 그로부터 한 달 후였다.

"안녕하세요."

은수는 출근하는 지우를 보자마자 자리에서 일어나 수줍게 인사했다. 심플하고 여성스러운 원피스에 어깨까지 내려오는 생머리가 단아하고 청초해 보이는 여자였다. 지우는 얼떨결에 인사를 받았다. 마침 탕비실에서 나오던 편집장이 다가와 은수를 지우에게 소개했다. 그녀가 바로 지난 저녁에 인터뷰를 하러 왔던 이은수라고 했다. 지우는 형식적인 인사말을 몇 마디 건넨 후, 복도로 나왔다. 캔 커피를 뽑기 위해 동전을 찾고 있을 때 뒤따라 나온 편집장이 수북한 동전을 건네며 말을 걸어 왔다.

"갑작스럽죠? 은수 씨도 마찬가지일 거예요."

편집장은 지우가 건넨 캔 커피를 한 모금 마시고는 말을 이었다.

"은수 씨는 어제 저녁 7시가 다 될 무렵에 방문했어요. 그런데 마침 퇴근하려던 대표님과 마주친 겁니다. 대표님은 다짜고짜 이분은 누구냐고 묻더군요. 면접 오신 분이라고 했더니 갑자기 들고 있던 서류가방까지 내려놓고 면접 테이블에 와서 앉는 겁니다. 그리고는 은수 씨를 뚫어지게 바라보고 있다가 면접이 끝날 무렵, 내일부터 출근하라는 말을 남긴 채 사라진 거죠."

편집장은 남의 연애사라도 전하는 사람처럼 즐거워하고 있었다. 그는 외모에서도 여성스러움이 느껴지고, 수다스럽기도 한 30대 후반의 남자였다. 지우의 머릿속에서 준서가 관심을 보였다는 은수와 한 달 전 회식이 있던 날, 그에게 매달리던 여직원이 동시에 떠올랐다. 그녀는 결국 다음 날부터 통보도 없이 출근하지 않았고, 자동 퇴사처리 되었더랬다. 문득 준서가 생각보다 단순한 인물일지도 모른다는 생각이 들었다. 이렇게 흔적을 남기며 여성편력을 선보이는 것은…… 혹은 다른 꿍꿍이가 있는 것일까.

"맘에 들어요?"

편집장과의 간단한 잡담을 끝내고 사무실로 들어서니 준서가 팔을 걷어붙이고 있었다. 은수가 쓸 컴퓨터를 책상에 옮기고 직접 세팅까지 하면서 뭐가 그리도 좋은지 내내 웃고 있었다.

"제가 해도 되는데요."

대표가 직접 자리를 세팅해주자 은수는 몹시도 황송해하는 눈치였다.

"어휴, 여자 분이 이런 걸 어떻게 해요."

준서는 넉살 있게 웃으며 세팅을 끝내고 필요한 프로그램을

까는 것까지 마다하지 않았다. 마치 짝사랑하는 여학생에게 연애를 거는 대학생 같았다. 지우는 그의 그런 모습을 보고 있자니 알 수 없는 불쾌감이 일었다. 레스토랑 여주인의 어깨와 허리에 아무렇지도 않게 팔을 두르는 남자가 지금은 수줍은 소년처럼 행동하고 있는 것이었다.

그날 이후로도 준서는 가끔씩 은수의 근처를 맴돌곤 했다. 자신의 방에도 충분하게 마련되어 있는 커피를 굳이 탕비실에까지 와서 타 가지고 지나가면서 마침 은수가 근처에 있을 때면 몸이 스치게끔 지나가면서 피식거리곤 했다.

은수가 입사한 지 보름 정도가 지났을 무렵, 지우는 그녀를 붙들고 은밀히 물었다.

"불편하지 않아?"

나른한 오후 시간이라 그런지 사무실 밖 복도는 정막이 감돌고 있었다.

"뭐가요?"

은수는 멍한 표정으로 되물었다.

"사장님 저러는 거. 지나치다고 생각되지 않아? 성희롱까지는 아니어도 어느 정도는 문제 있다고 보는데."

지우의 말에 은수는 놀란 듯 눈이 동그래지더니 이내 고개를 숙이고 생각에 잠긴 표정이 되었다. 짧은 순간, 그녀의 얼굴에서 어떠한 결심의 흔적이 지나가더니 다시 고개를 들어 지우를 보았다.

"글쎄요. 뭐가 지나치다는 건지……."

그녀는 애써 아무렇지도 않은 척했다. 그러나 흔들리는 눈빛은 감출 수 없었다. 순진무구한 표정 속에 불안한 눈동자를 보자 지우는 저도 모르게 피식 하고 웃음이 나왔다.

"왜 웃으세요?"

은수가 물었다. 지우는 아무 것도 아니라며 고개를 저었다. 그녀로서는 쉽게 수긍할 입장이 아닐 것이다. 뭔가 더 큰 계기가 필요하다는 생각이 들었다. 한동안 은수와 지우 사이에 알 수 없는 기류가 흘렀다. 지우가 다시 뭔가 말하기 위해 은수를 바라보고 있을 때, 사무실에서 누군가 나오며 말을 건넸다.

영업 부장이었다.

"두 사람, 외근준비해요."

어느덧 퇴근시간이 가까워지고 있었다. 이런 시간에 외근이라니 당황되었지만 질문할 새도 없이 가방을 챙겨들고 영업 부장의 뒤를 따라야 했다. 지우는 뭔가 쫓기는 사람처럼 급하게 엘리베이터에서 내려 지하 주차장으로 향하는 영업 부장을 따라 걸음을 빨리 했다. 어느덧 그가 멈춘 곳을 보니 준서가 자신의 차에 올라 시동을 걸고 있었다.

"무슨 외근인데 대표님과 함께 가나요? 유명한 저자라도 만나는지."

"일단 출발하면서 얘기하죠."

지우는 질문도 간단히 묵살당한 채 은수와 함께 뒷좌석에 올랐다. 조수석에 탄 영업 부장은 무슨 할 말이 그리 많은지 끊임없이 말을 쏟아내고 있었다. 비교적 큰 목소리로 떠들고 있었으나 그의 단편적인 말만으로는 준서와 그가 어떤 대화를 나누고 있는지 갈피가 잡히지 않았다.

"은수 씨, 음식 뭐 좋아해요?"

"네? 외근 간다고 하시지 않았나요."

은수가 어리둥절해 하며 반문하자 준서는 묘한 웃음을 흘렸다. 가을이 깊어지고 있는지 창 밖은 어느새 어둑어둑해지고 있었다. 은수는 손톱을 물어뜯으며 차창 밖에 시선을 둔 채였다. 준서와 그의 친구인 영업 부장은 여전히 두 사람만 알아들을 수 있는 대화를 하며 차를 달리기만 했다. 차창 밖을 보고 있는 은수의 옆모습에는 불안함이 역력했다. 지우는 불안함보다는 호기심으로 이 모든 상황을 지켜보고 있었다.

"왜 이렇게 멀리 가세요?"

문득 은수가 조심스럽게 물었다.

"왜요? 무서워요?"

준서는 이번에도 능글능글하게 대답하며 키득거렸다.

"아뇨, 그게 아니라……."

은수는 당황하며 지우를 돌아보았다. 그때 마침내 차가 멈추었다. 도심을 벗어난 그곳에는 인적이 드물고 전원주택을 개

조한 카페와 식당이 곳곳에 자리 잡고 있었다. 지우는 하이힐을 신은 채로 자갈밭으로 이뤄진 주차장을 겨우 빠져나와 식당 안으로 들어섰다. 신발을 벗고 들어가야 하는 좌식 식당이었다. 날은 완전히 어두워져 있었다. 메뉴판을 들고 있던 준서는 정식 네 개를 주문하고는 아득한 눈빛으로 창 밖을 내다보았다.

어느 정도 속을 채우고 나자 준서와 영업 부장은 기다렸다는 듯 술잔을 기울이기 시작했다. 마지못해 권하는 술을 마셔 댄 은수는 이미 취기가 오르고 있었다. 준서는 그런 은수를 보며 의미심장하게 웃고 있었고, 영업 부장은 때때로 준서에게 뭔가를 속삭였다. 가끔씩 지우에게도 술을 권하고 말을 건네곤 했지만 그녀는 그들 사이에서 이방인 같았다. 그러나 오히려 그것이 준서를 관찰하는 데는 편했다.

문득 지우의 전화벨이 울렸다. 정우의 전화였다. 지우는 방 밖으로 나가 전화를 받았다.

「퇴근은 했어?」

"응, 그런데 무슨 일로?"

그녀는 다짜고짜 전화한 목적을 물었다.

「같이 저녁이나 먹을까 해서.」

"난 약속이 있어서 지금 먹고 있는데?"

그녀는 전화를 빨리 끊고 다시 방으로 돌아가기 위해 조금 냉담하게 말했다.

「그래? 알았어…….」

평소 정우답지 않게 뭔가 아쉬움이 느껴지는 듯한 목소리였다. 지우와 그는 가끔씩 잠자리를 하곤 했지만 연인 사이는 아니었고 친구는 더욱 아니었다. 서로 필요할 때만 찾는 미적지근한 관계, 그 이상은 아니었던 것이다. 그런 그가 미묘한 아쉬움을 남기니 지우의 머릿속에서 뭔가 색다른 계획이 떠올랐다.

"네가 여기로 올래? 내 일행이랑 같이 합석해서 식사하고 우리 집으로 가서 술이나 한잔 하자."

지우가 친절한 말투로 제안하자 정우는 금세 걸려들었다. 그

녀는 정우에게 식당의 주소를 불러주고는 전화를 끊었다. 서
로 증오하는 이복형제가 만나는 광경을 지켜볼 수 있다는 생
각을 하자 기쁨이 차오르고 있었다.

"은수 씨, 혼자서 어딜 간다는 거야?"

방으로 돌아오자 뭔가 실랑이가 벌어지고 있었다. 은수는
가방을 손에 든 채 서 있었고, 준서가 그런 그녀의 팔을 붙들
고 있었다. 잠시 지켜보니 취기 오른 은수가 먼저 돌아가겠다
고 일어섰고, 그런 그녀를 준서가 붙드는 상황이었다.

"조금만 더 있다가 나랑 같이 일어나자. 혼자서는 위험해."

지우는 얼른 준서를 거들며 은수를 다시 자리에 앉혔다. 자
신의 역할은 아마도 이런 거였을 테니 그저 역할에 충실할 뿐
이었던 것이다. 은수가 마지못해 다시 자리에 앉고 나자 준서
가 지우를 보며 잠시 희미하게 웃었다. 이상하게도 지우는 그
의 그 미소가, 자신의 속을 뻔히 들여다보는 것만 같아 불쾌해
졌다.

곧이어 다시금 세 사람만의 술자리가 시작되었다. 지우는

그들을 지켜보며 어서 정우가 도착하길 바랐다.

마침내 정우가 식당 앞에 도착했다는 연락을 취해 왔다. 지우는 재빨리 밖으로 나가 그와 함께 다시 방으로 돌아왔다.

"잠시 제 친구랑 합석 좀 할게요. 김정우라고 해요. 잘 좀 봐주세요."

지우는 태연하게 웃으며 정우를 소개했다. 빈 술잔을 내려놓으며 무심코 고개를 든 준서는 순간 흠칫하는 표정으로 변하며 인상을 찌푸렸다. 그의 눈길은 정우에게서 떨어질 줄 모른 채 그의 위아래를 쏘아보았다. 정우 역시 준서를 본 순간 당혹스러움에 차마 그를 마주보지 못하고 고개를 돌리고 있었다. 자신이 소유한 가장 좋은 슈트를 입고 이 자리에 찾아왔으나 준서와 마주친 순간부터 가슴 깊이 묻어둔 열등감이 치솟아 하릴없이 허공만 쏘아보는 것이리라.

"오랜만이다."

먼저 입을 뗀 것은 준서였다.

"네."

정우는 여전히 그를 마주보지 못한 채 대답했다.

"그렇게 서 있지 말고 앉지 그래?"

준서가 조롱하는 눈빛으로 정우를 보며 자리를 권했다. 정우는 그를 흘끔 바라보았다가 이내 고개를 돌리며 대답했다.

"다른 날 다시 뵙죠."

정우는 고개 숙여 인사를 하고는 밖으로 나갔다. 두 사람의 만남이 이렇게 끝나버리는 게 아쉬웠던 지우는 서둘러 그를 따라 밖으로 나갔다.

"이렇게 가는 법이 어디 있어?"

다급하게 그를 붙잡았으나 정우는 그녀의 손을 뿌리친 채 성큼성큼 걸어가기 시작했다. 거의 식당 출입문 가까이 가서야 그를 멈춰 세울 수 있었다. 정우는 거추장스러운 슈트의 상의는 벗어버리고 담배에 불을 붙였다.

"너 이게 대체 뭐하는 짓이야?"

"화내지 말고 잘 들어 봐. 준서랑 같이 있는 자리라고 미리 말했으면 넌 여기 오지도 않았을 거잖아. 네 의견이 필요해서 부른 거니까 자리로 다시 돌아가."

지우의 설명에도 그는 여전히 분을 삭이지 못한 채 숨을 거칠게 몰아쉬었다. 의도치 않게 준서와 마주치며 느낀 당혹감과 열등감이 식을 줄 모르고 타오르고 있는 것만 같았다.

"준서에게 여성편력이 있는 것 같아. 지금 자리에 있는 신입사원에게도 뭔가 남다르게 대하고 있어. 잘만 하면 건수를 잡을 수 있을 것 같단 말이지."

지우가 거듭 설명하자 그는 마침내 관심이 생긴 듯 담배를 비벼 끄며 그녀를 쳐다보았다.

"좋아. 일단은 합석하지. 하지만 앞으로 절대 이런 짓거리는 꾸미지 마."

결국 정우는 다시 자리로 돌아가 준서의 맞은편 자리에 앉았다. 지우는 준서가 어떤 반응을 보일지 궁금해 유심히 그의 얼굴을 살폈다. 그는 잠시 동안 뭔가 생각에 잠겨 있다가 고개를 저으며 희미하게 미소 짓고는 이내 정우에게 술잔을 내밀었다.

"한 잔 받아라."

준서와 정우는 말없이 서로 몇 잔을 주고받았다. 영업 부장은 정우와 지우를 번갈아가며 뚫어지게 쳐다보았다. 뭔가 의도를 캐내고 말겠다는 결의라도 다진 듯했다. 술자리는 전혀 예상치 못한 상황으로 진전되고, 은수는 관심 밖으로 밀려나자 안심한 듯 무료로 제공되는 믹스커피를 연거푸 마시고 있었다.

"그런데 사장님, 정우와 아는 사이세요? 오랜만이라고 하시는 걸 보니까 아는 사이 같아서요."

지우가 천연덕스럽게 물었다. 방금 술잔을 비운 준서는 빈 술잔을 내려놓고는 잠시 그녀를 바라보았다. 그 눈빛이 매우 날카로웠으나 그녀는 두려움 같은 건 느끼지 않았다. 이윽고 그는 태연하게 웃으며 천천히 대답했다.

"내 동생입니다."

그는 다시금 빈 술잔을 가득 채우고는 그것을 집어 들다가 은수 쪽을 쳐다보았다. 벽에 기대어 앉아 종이컵을 손에 쥐고 있는 그녀가 애처롭게 느껴졌는지 그는 술잔을 비우지도 않고 내려놓고는 말을 이었다.

"오늘은 이만하기로 하죠. 은수 씨도 많이 취한 것 같고. 그럼 각자 알아서들 돌아갑시다."

주차장으로 나온 준서는 대리 운전사에게 차를 맡기고 은수와 함께 뒷좌석에 앉았다. 두 사람이 사라지고 나자 영업 부장은 어딘가에 전화를 걸어 명령조로 이쪽으로 오라고 전했다. 십 분도 채 되지 않아 차 한 대가 도착했고, 그는 그것을 타고 식당을 떠났다. 영업 부장까지 떠나는 걸 지켜본 정우와 지우는 갑자기 엄습해오는 피로감에 근처에 보이는 모텔에 방을 잡았다.

"네가 말한 건수라는 게 뭐였냐?"

정우는 안으로 들어서자마자 자켓에 셔츠까지 벗어던지며 물었다. 그의 행동에 눈살이 찌푸려진 지우는 대답 없이 냉장고에서 캔 맥주를 꺼내었다. 시원함을 느끼며 그것을 마시고 있을 때 속옷 차림의 정우가 다시 물었다.

"그와 놀아난 여자들을 설득해서 그를 협박하자, 뭐 이런 생각이었냐?"

"왜? 그거야말로 사회적 지위가 있는 사람한텐 충분한 약점 아냐?"

지우는 왠지 모르게 반감이 느껴져 조금 신경질적으로 반문했다. 정우는 그녀를 따라 냉장고에서 맥주를 꺼내 마시면서 미간을 찌푸렸다.

"그런 유치한 짓거리는 그만둬. 그 정도로 잡을 수 있는 상대가 아냐."

그 말을 끝으로 정우는 빈 맥주 캔을 바닥에 떨어뜨린 채 잠이 들었다. 매우 피곤했는지 어느덧 코까지 골고 있었다. 지우는 허탈함이 느껴져 욕실로 들어와 샤워를 시작했다. 뜨거운 물을 세차게 틀자 몸이 마사지라도 되는 듯이 피로가 풀리고 있었다. 그녀는 샤워를 끝내고 가운만을 걸친 채 밖으로 나왔다.

"나 그 여자 알 것 같다."

잠들었던 정우가 말하자 지우는 저도 모르게 흠칫 놀랐다. 마치 그녀가 샤워를 끝내고 나오기를 기다렸던 것만 같았다.

"자는 거 아니었어? 그보다, 어떻게 안다는 거야?"

그는 대답 없이 침대에서 일어나 욕실로 들어갔다.

"그 여자라는 게 은수를 말하는 거 맞아?"

지우는 욕실 문을 열고 그에게 물었지만 역시나 그는 대답하지 않았다. 샤워 소리에 목소리가 들리지 않는 것도 같았다. 침대에 누운 채 잠시 생각에 잠겨 있자 이내 샤워를 끝낸 그가 옆에 누웠다.

"어디서 본 건지 선명하게 기억나는 건 아니지만 틀림없이 아는 여자야."

그는 골똘히 생각에 잠겨 있었다.

"준서가 그 여자를 보자마자 바로 뽑았다고 했지? 그것도 아마 과거에 뭔가 연관이 있었기 때문일 거야. 그게 뭔지 기억이 나질 않지만……."

그의 긴 눈이 더욱 가늘어졌다. 준서와 마찬가지로 선명한 이목구비를 소유한 그였으나 그의 얼굴에는 어쩔 수 없는, 야생에서 먹이를 구걸하는 하이에나 같은 모습이 비치고 있었다.

"잘 떠올려 봐. 어디서 어떻게 본 인물인지, 무슨 연관인지 알아내야 진전이 있을 테니까."

지우는 기대감에 부푼 목소리로 말하며 불을 껐다. 정우가 은수를 알 것 같다고 말하는 순간부터 궁금증은 더욱 커졌다. 준서의 약점을 잡아내는 것 따위와는 별개로, 개인적인 호기심이 더욱 부풀어갈 정도였다.

다음 날, 지우는 출근하자마자 은수의 자리부터 살폈다. 예상대로 그녀는 출근이 늦어졌다. 그러나 열 시가 다 되어갈 때까지 출근하지 않자 뭔가 일이 잘못되었을지도 모른다는 생각이 들었다. 편집장에게 은밀히 은수가 왜 출근이 늦어지는지 알고 있냐고 묻자 자신도 사장님에게 전해 들었다며, 몸이 좋지 않아서 늦는다는 것이었다. 직접 연락을 받은 것이 아닌 준서에게 전해 들었다니. 지우는 뭔가 미심쩍은 생각이 들었다. 언제나처럼 직원들보다 먼저 출근한 준서는 컨디션이 좋은지 연신 콧노래를 부르며 사무실을 왔다 갔다 하고 있었다. 지우는 은수에게 뭔가 사고가 터진 건 아닐까 하는 생각이 들어 휴대폰을 들고 복도로 나왔다. 은수에게 막 전화를 걸려고 버튼을 누르고 있을 때, 엘리베이터 문이 열리고 은수의 얼굴이 보였다.

"어떻게 된 거야? 어제 너무 과음해서 무리가 온 거야?"

지우가 다급하게 물었다.

"선배, 오늘 같이 점심 먹어요. 둘이서만."

은수는 멍한 표정으로 말했다. 얼굴에는 피곤함이 역력했다. 지우가 알겠다고 대답하자 은수는 희미하게 웃으며 사무실 문을 열었다. 그녀가 인사하며 들어서자 편집장은 자리에서 일어나 호들갑을 떨며 그녀를 맞이했다. 곧이어 자리에 앉은 은수는 컴퓨터 모니터에 시선을 준 채 한 손으로는 턱을 고이고 있었다. 지우는 그녀의 우수에 찬 모습이 더욱 준서의 눈길을 끌 것이라는 생각을 하며 고개를 돌렸다. 아니나 다를까. 어느새 준서가 그녀의 등 뒤편에 서서 은수를 바라보고 있었다.

정오가 되자마자 은수와 지우는 도망치듯 사무실을 빠져나왔다. 은수의 제안으로 옆 건물에 있는 허름한 레스토랑에 자리를 잡았다. 그곳은 어두침침하고 습한 기운이 느껴져 저렴한 가격에도 불구하고 손님이 드문 곳이었다.

"어제 무슨 일이라도 있었어?"

지우는 궁금증을 참지 못하고 물었다. 은수는 물을 마시다 말고 그녀를 보며 어색하게 웃었다. 뭔가 말하고 싶지만 쉽게 입이 떨어지지 않는 모양이었다.

"은수 씨가 사장님하고 단 둘이 나가서 걱정이 많이 됐어."

지우가 마음에도 없는 말로 그녀를 달래자, 그녀는 천천히 입을 열었다.

"사실 어제 많이 취했어요. 그래서 어떻게 식당을 나왔는지도 잘 기억나지 않고…… 정신을 차려 보니 사장님 차에 타고 있었죠. 그러다 깜빡 잠이 들었어요. 그리고 다시 깨어 보니,

사장님이 직접 차를 몰고 있었고, 저는 조수석에 있었죠. 처음 엔 분명 뒷좌석에 타고 있었던 것 같은데 말이에요."

문득 주문한 음식이 나오자 은수는 잠시 말을 멈추었다. 그 녀는 포크를 들어 파스타를 조금 집었으나 영 입맛이 돌지 않 는지 다시 포크를 내려놓고 이야기를 계속했다.

대리 운전사를 보내버리고 직접 운전을 하는 준서에게 괜 찮으시냐고 물어도 그는 대답이 없었다. 그는 폭음한 사람답 지 않게 태연하게 운전을 하며 시내와는 점점 멀어졌다. 은수 가 집으로 가야 한다며 세워 달라고 해도 잠깐만 어디 좀 들 렀다 가자고 하며 계속 차를 몰았다. 어느덧 후미진 변두리에 다다르자 그는 낡은 5층짜리 건물 앞에서 차를 세웠다. 이윽 고 그는 그녀의 신상에 대해 이것저것 캐묻기 시작했다. 처음 에 그녀는 직장 상사에 대한 예의라고 생각되어 순순히 대답 했다. 부모님은 외국에서 살고 있고, 무남독녀인 자신은 좁은 반 지하 원룸에서 근근이 생활하는 형편이라고. 그녀의 말을 묵묵히 듣고 있던 그는 이번엔 과거에 사귀었던 연인에 대해서도 물었다. 연인이라고 할 수 있을 정도의 깊은 사이로 지냈던 이성이란 없었다고 대답하자 그는 그녀가 뭔가 숨기는 것이라 했다. 그리고 이번엔 잠깐 스쳐 지나기라도 했던 남자친구들에 대해 말해보라고 했다. 질문이 여기까지 이르자 뭔가 이상하다고 느낀 그녀는 차에서 내렸다. 그녀가 택시를 잡기 위해 손을 뻗을 때 뒤따라 나온 그가 그녀를 붙잡았다. 잠시 동안의 실랑이 끝에 바로 집에 데려다 주겠다는 약속을 받고 다시 차에 올랐다. 그는 약속대로 시동을 걸고 그녀의 집 쪽으로 차를 몰기 시작했다. 그녀의 집으로 가는 동안 두 사람 모두 입을 열지 않았다. 이윽고 그녀의 집 앞에 도착하자 그녀는 그에게 고맙다는 인사를 전하며 차에서 내렸다.

'피곤할 테니 내일은 오후에 출근하도록 해.'

따라 내린 그가 그녀를 배웅하며 말했다. 그녀가 돌아보자 그는 차에 기댄 채 웃고 있었다. 웃는 그를 보자 묘한 감정이 일었다.

'저한테 왜 친절하신 거죠?'

그녀가 조용히 묻자 그는 잠시 소리 내어 웃다가 천천히 웃음을 멈추고는 그녀를 주시했다.

'넌 왜 나를 기억하지 못하는 거니? 난 너를 첫눈에 알아봤는데.'

그가 생각지 못했던 말을 꺼내자 그녀는 어리둥절한 표정이 되었다.

'무슨 말씀이세요?'

'잘 자라.'

그는 그녀에게 아무런 부연설명도 하지 않은 채 특유의 웃음을 흘리며 차에 올랐다. 의문에 빠진 그녀를 뒤로하고 그의 차는 점점 멀어졌다.

지난밤의 이야기를 끝낸 은수는 마치 대답이라도 기다리는 것처럼 지우를 바라보았다. 그녀의 이야기를 정신없이 듣던 지우는 커다란 접시 위에 담긴 덮밥이 식는 것도 모른 채 생각에 잠겼다. 준서와 은수의 관계에 대한 궁금증이 머릿속에 가득했다.

"하지만 저는 사장님을 이 회사에서 처음 봤어요. 그런데 왜 사장님은 저에게 기억을 못한다고 하는 걸까요? 아무리 생각해도 이해가 되질 않아요."

은수는 진심으로 답답하다는 듯 입술을 깨물고 있었다. 지우는 그녀를 안심시킬 만한 말을 몇 마디 해주고는 숟가락을 들었다.

"은수 씨 기분이 별로 좋지 않아 보여서 재밌게 해주려고 농담한 거 아닐까."

"그럴까요. 그렇다면 다행이고요."

은수는 어느 정도 안심이 된 듯 다시 포크를 들었다. 식어버린 파스타를 한 입 떠서 입에 넣고는 조곤조곤 씹고 있던 그녀가 어느 순간 괴로운 표정이 되었다. 그녀는 억지로 파스타를 씹어 삼키고는 잔을 들어 물을 벌컥벌컥 마셨다. 그녀는 울음을 삼키는 사람처럼 한 손으로 입을 가린 채 괴로워했다.

"갑자기 왜 그래?"

"빼먹은 이야기가 있어요."

지우는 숟가락을 내려놓고 그녀에게 집중했다.

"5층 건물 앞에서 차를 세우고 있을 때, 사장님이 갑자기 휘파람을 불었어요. 뭐라고 표현하기 힘든, 진혼곡이라도 되는 듯이 고요하고 음침한 멜로디로. 그것을 듣고 있자니 왠지 모르게 소름이 돋으며 발작을 일으킬 것만 같았어요. 저도 모르게 귀를 틀어막고 있는데, 창백하게 굳어 있는 저를 보곤 휘파람을 멈추더군요. 처음에 사장님을 볼 때는 재력도 있는 분이 상당히 소탈하고 예의바르다고 생각했어요. 하지만 그 휘파람 소리를 들은 이후로는 사장님이 조금은 두려워졌죠."

여전히 귓가에서 준서의 휘파람 소리가 들리는 듯 은수는 창백한 얼굴로 말을 마쳤다. 습기 많은 지하 레스토랑에 한기가 느껴졌다. 그녀는 가슴에 손을 얹은 채 눈을 감으며 긴 숨을 내쉬었다.

"몇 년 전에 열병을 크게 앓은 적이 있어요. 원인도 알 수 없이 며칠 간 몸져누웠다가 일어난 어느 날, 학교선배가 그러더군요. 내가 앓아눕게 된 날 선배, 동기들과 함께 호프집에서 모임을 가졌는데 그 자리에서 괴한을 만났었다고요. 그런데 이상하게도 나에게는 그날의 기억이 전혀 없어요. 선배나 동기를 만났었던 거 외에는……. 선배는 충격으로 열병을 앓고 나서 그 순간의 기억을 잃은 것 같다고 하더군요. 그게 자꾸 마음에 걸려요. 그때의 일과 사장님이 관계가 있을까 봐서요."

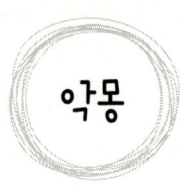

악몽

지우는 은수로부터 그 이야기를 들은 이후로 가끔씩 무의식 중에 준서의 휘파람 소리를 떠올리곤 했다. 그날 이후로 그가 두려워졌다고 말하던 은수의 목소리까지 생생했다. 지우는 다시 담배에 불을 붙였다.

"선배, 괜찮아요?"

문득 사무실 문을 열고 은수가 복도로 나오며 물었다. 그녀는 보름 전, 지우에게 준서에 대한 이야기를 털어놓은 후 부쩍 친근함을 표시하곤 했다. 그것은 지우에겐 매우 이로운 일이었다. 두 사람 사이에 무슨 일이 있었는지 엿들을 수 있는 기회를 얻을 수 있기에.

"편집장님이 찾아요. 회의가 있대요."

"알았어. 이것만 마저 피우고 들어갈게."

지우가 대답하자 은수는 천진하게 웃으며 사무실로 들어갔다. 지우는 그녀의 그런 얼굴을 보자 조금은 미안한 감정이 들었으나 담뱃재와 함께 눌러 꺼버렸다. 안으로 들어가자 편집장이 그녀를 보며 손짓을 했다. 대표인 준서와 함께 하는 회의였다. 편집장과 함께 사장실로 들어가 테이블 앞에 앉았다. 사무를 보는 아르바이트생이 차를 내올 때 노크소리가 들리더니 영업 부장이 고개를 내밀고 은밀히 말했다.

"신 사장이 찾아왔는데 어떡할까?"

준서는 잠시 곤란한 표정을 지었다가 이내 들여보내라고 대답했다. 신 사장이라면 그동안 하루에도 몇 번씩 전화를 걸어 준서를 찾던 사람이었다.

"저희가 자리를 피할까요?"

편집장이 묻자 준서는 고개를 저었다.

"아닙니다. 그대로 계세요."

그의 말이 채 끝나기도 전에 50대의 살집 있는 남자가 모습을 드러냈다.

"왜 이렇게 만나기가 어렵습니까?"

신 사장은 비굴하게 구는 것인지, 원망하는 것인지 판단하기 어려운 인사말과 함께 안으로 들어왔다. 그는 앉으라는 말도 하기 전에 소파에 앉아 주머니에서 손수건을 꺼내 땀을 닦기 시작했다. 서늘함이 느껴지는 완연한 가을날에 땀을 삐질삐질 흘려대는 모습이 역겨워 쳐다보기가 싫을 지경이었다. 준서는 고개를 돌린 채 찻잔을 집어 들었다.

"김 사장, 요즘 사업 잘 된다면서요?"

문득 신 사장이 눈을 빛내며 물었다. 준서는 고개를 끄덕이는 걸로 대답을 대신하며 신 사장을 훑어보았다. 조금은 구부정한 어깨에 배는 한껏 부풀어 있는 몸으로 아들 나이쯤 될 법한 상대에게 조바심 내며 말을 꺼내고 있는 모습이었다.

"나 좀 도와줘요. 응? 나중에 사례는 충분히 할 테니까."

"죄송합니다. 저도 요즘은 여유가 없네요."

준서는 어린 아이를 달래는 듯한 신 사장의 태도에 불쾌함을 느꼈는지 굳은 얼굴로 딱 잘라서 거절하였다. 사업이 어려워진 신 사장이 여유가 있는 준서에게 돈을 빌리려고 하는 것이었다. 신 사장은 미간을 잔뜩 찌푸리며 뭔가 생각에 잠긴 듯 말이 없다가 이내 다시 눈을 밝히며 입을 열었다.

"김 사장의 부친께선 별다른 소식 없나요?"

신 사장이 아버지 이야기를 꺼내자 준서는 할 말을 잃은 듯 싸늘하게 굳었다. 곧 그의 얼굴은 금방이라도 폭발할 것처럼 무서워졌다. 신 사장 입장에서는 비장의 무기처럼 꺼낸 말이었는데 오히려 준서의 화를 돋운 꼴이 된 것이다.

"예전에 내가 말이야. 김 사장 아버지와……."

신 사장의 말이 길어지자 준서는 몸이 나른해진 듯 의자에 깊숙이 기대었다. 그가 무심한 표정으로 고개를 돌리고 있음에도 불구하고 신 사장은 계속해서 부친에 대한 이야기를 늘어놓고 있었다. 지우는 괜한 무안함을 느끼며 고개를 돌리다가 편집장을 쳐다보았다. 그에게도 지금의 상황은 지루한지 손가락으로 귓구멍을 후비며 시선을 내리깔고 있었다.

"김 사장."

문득 신 사장이 조금 언성을 높여 준서를 불렀다.

"대화가 너무 길어졌군요. 보시다시피 직원들과 회의 중이라서요. 이만 돌아가시죠. 대화 즐거웠습니다."

준서는 상대가 대꾸할 틈도 주지 않고 말을 쏟아낸 후, 사장실의 문을 열고 신 사장을 쳐다보았다. 철저하게 무시당한 것을 깨달은 신 사장은 얼굴이 붉게 달아올라 분을 참지 못하고 소리쳤다.

"자네가 이럴 수 있어? 자네 부친을 봐서라도 이러면 안 되는 거야!"

부친을 봐서라도……? 순간 지우는 정우에게서 들은 준서의 부친을 떠올렸다. 그의 부친은 아내를 잃은 후 넋 나간 사람처럼 지냈다고 한다. 그러다 약관의 나이가 된 준서가 집을 떠나 독립하게 되자, 대타라도 찾듯 정우와 정우의 어머니를 불러들였다고 했다. 아버지의 집으로 들어오던 날 우연히 마주친 준서는 정우에게 '그가 네 어머니까지 죽이기 전에 조심하라'라는 말을 전했고, 그날 이후로 정우는 습관처럼 아버지가 어머니를 죽이는 악몽을 꾸었다 했다.

"지금 어디서 언성을 높이시는 겁니까?"

준서는 침착하게, 그러나 얼음장처럼 차갑게 신 사장을 쏘아보며 말했다.

"아…… 미안합니다, 김 사장. 나도 모르게 그만……."

순간적인 분을 참지 못했던 신 사장은 다시금 비굴하게 저자세가 되었다.

"괜찮습니다. 그만 돌아가 계세요. 연락드리겠습니다."

더 이상 할 말이 없어진 신 사장은 복잡한 표정이 되어 사장실을 나갔다. 준서는 경멸이 담긴 눈으로 신 사장의 뒷모습을 바라보았다. 그는 지우와 편집장에게서 등을 돌린 채 잠시 긴 숨을 내쉬었다. 감정을 조절하는 듯했다. 그의 다부진 어깨가 커다랗게 들썩인 후, 그는 천천히 돌아섰다.

"이제 시작합시다."

그는 어느덧 평온을 되찾은 얼굴로 자리에 앉아 편집장이 건네었던 서류를 집어 들었다. 편집장의 설명을 듣는 그는 조금 전의 일은 까맣게 잊은 사람처럼 집중하고 있었다. 지우가 정우에게 들은 바에 의하면 그는 상당한 재력가였고, 남들이 알 수 없는 방법으로 재산을 불린다고 했다. 그러니까 지금 그가 이끌어가고 있는 출판업이 중점적인 사업은 아니라는 뜻이었다.

지우는 6시가 되자마자 퇴근을 하고 정우와 만나기로 한 호프집으로 향했다. 안으로 들어서자 그는 벌써 맥주를 마시고 있었다. 지우는 약간의 허기짐을 느끼며 라면과 함께 소주를 주문했다.

"근데 나와 아는 사이라는 게 밝혀졌는데 너 짤릴 위험은 없는 거냐?"

문득 주문한 라면을 함께 먹던 정우가 고개를 들며 물었다.

준서와 정우가 한 자리에서 만나게끔 유도한 일이 있은 후, 준서는 은밀히 지우를 따로 불러서 물어왔었다. 정우와 언제부터 가까워진 건지, 얼마나 가까운 사이인지에 대한 질문이었다. 지우가 사귀는 사이도 아니고 친구 사이도 아닌, 그냥 아는 사람일 뿐이라고 대답하자 그는 특유의 미소를 지으며 그녀를 빤히 쳐다보았다. 이번에도 역시 그녀의 속을 꿰뚫어보는 듯 기분 나쁜 미소였다.

"아니, 오히려 반갑다고 하던걸."

그녀는 대충 둘러대며 라면 국물을 입에 넣었다. 허기가 채워지자 술이 마시고 싶어져 소주병을 열었다.

"그보다 신 사장이라고 알아?"

지우는 화제를 전환하기 위해 얼른 본론을 꺼냈다.

"신 사장? 그게 누군데?"

정우는 반문하며 맥주잔을 들었다.

"네 아버지와 친분이 있는 사이였다고 하던데. 오늘 준서를 찾아와서 돈을 빌려달라고 하더라. 사업이 어렵다나봐."

지우의 말에도 정우는 별다른 관심이 가지 않는지 맥주를 마시며 간간이 팝콘을 입에 넣어댔다. 조급함을 이기지 못한 지우는 술잔을 내려놓고 다시 말했다.

"그 신 사장을 한번 만나보면 어때? 생각지 못한 준서의 얘기를 들을 수 있을지 모르잖아. 그 사람도 지금 돈을 구하지 못해서 안달이 나 있던데, 돈을 얻어낼 방법이 있을지 모른다고 하면 좋다고 하지 않겠어?"

마침내 정우는 관심이 생기는지 생각에 잠긴 표정이 되었다. 지우가 그를 다루는 건 어렵지 않았다. 뭐든 그의 최종목적인 '준서의 약점을 잡는 것'에 연관 지어 제의하면 말을 꺼내기 무섭게 승낙하고 마는 것이었다.

"그런데 연락처를 아는 것도 아니고 어떻게 만나는데?"

지우는 대답 대신 조금 전에 사장실에서 몰래 가지고 나온 신 사장의 명함을 꺼내 보였다. 이윽고 지우는 정우의 휴대폰을 들고 신 사장의 번호를 누르고는 정우에게 건넸다. 정우는 긴장이 되는지 소주 한 잔을 입에 털어 넣고 전화를 받았다.

"안녕하십니까, 신 사장님."

「누구신가?」

신 사장의 목소리는 우렁차게 울려서 맞은편에 앉은 지우에게까지 훤하게 들렸다.

"저는 정우라고, 준서 형의 동생 되는 사람입니다."

「준서의 동생? 이상하네. 준서한텐 동생이 없는 걸로 아는데.」

"잘 생각해 보세요. 제가 둘째아들입니다. 전화를 드린 건 다름이 아니라⋯⋯."

정우가 막 본론을 이야기하려 하는데 신 사장이 그 말을 가로막으며 큰 소리로 아는 체를 했다.

「아아, 김 회장 그 친구가 밖에서 데려온 아들이구먼.」

신 사장은 말을 끝내고는 큰 소리로 웃어 댔다. 순간 정우의 얼굴은 끓어오르는 화를 참지 못해 폭발할 지경으로 붉게 타올랐다.

「그래, 자네가 왜 나한테 전화를 했지?」

"형을 찾아가셨다는 얘기를 들었습니다. 그래서 제가 형을 설득해보고자 하고…… 그러면 신 사장님에게도 도움이 되지 않을까 싶어서……."

정우는 화를 삭이느라 말을 더듬거렸다. 신 사장은 그의 노력에도 불구하고 다시금 그의 자존심을 긁는 소리를 했다.

「자네가 어떻게? 준서가 자네를 동생이라고 생각은 하나?」

마침내 수화기에서 태생이 어떻고 하는 소리까지 들리는 상황이 되자 정우는 전화를 끊고는 결국 휴대폰을 벽에 던지고 말았다. 옆 테이블에 서빙을 하던 아르바이트생이 외마디 비명을 지르며 그의 눈치를 보았다.

"아이, 씨팔!"

정우는 욕을 내뱉으며 테이블을 주먹으로 내리쳤다. 술병이 위태롭게 흔들렸다.

"넌 지금 이 꼴 당하게 하려고 연락하라고 한 거냐?"

"손님, 진정하세요! 다른 손님들이 놀라시잖아요!"

이십대 초반으로 보이는 아르바이트생이 조심스레 그를 말리려 들었다.

"시끄러워!"

그는 다시 술병을 들어 벽 쪽으로 던졌다. 아르바이트생은
비명을 지르며 자리에 주저앉았다.

"무슨 일이야?"

주방에서 주인으로 보이는 젊은 남자가 뛰어나왔다. 지우는
일이 더 커질 것이 우려되어 죄송하다고 사과하며 카운터로
가 지불해야 할 금액의 두 배쯤 되는 돈을 꺼내놓았다. 그리
고는 가까스로 정우를 잡아끌며 밖으로 나왔다.

"오늘 일은 내가 미안해. 그만 화 풀어."

지우가 그에게 배터리가 분리된 휴대폰을 건네며 말했지만
그는 그것을 받을 생각도 하지 않은 채 빠른 속도로 멀어져갔
다.

우스운 연애

며칠 후, 신 사장은 또 다시 사무실로 찾아왔다. 마감처리를 해야 할 일이 있어 몇 명이 남아 연장근무를 하고 있는 저녁이었다. 신 사장은 커다란 굉음을 내며 사무실 문을 박차고 들어섰다. 역시나 온몸이 땀에 젖은 채 금방이라도 비명을 지를 듯이 초조해 보이는 모습이었다. 그는 마지막 정신줄마저 놓친 사람처럼 횡설수설 하며 준서를 찾았다. 영업 부장이 나서서 그를 말리며 준서는 이미 퇴근했다고 해도 먹혀들지 않았다. 그는 다짜고짜 사장실로 향하기 시작했다. 하지만 체격이 단단한 영업 부장에게 막혀 더는 움직이지 못했다. 신 사장은 뜻대로 되지 않자 영업 부장에게 욕설을 퍼부으며 주먹질을 했다. 그의 주먹에 맞은 영업 부장은 잠시 주춤했다. 연장근무를 하던 여직원들은 차마 나서지 못하고 난감한 상황을 지켜보고 있는 형국이었다. 영업 부장은 신 사장이 휘두르는 주먹에 자꾸 맞으면서도 그를 막고 있었다.

"그만하세요, 이러다 크게 다치겠어요!"

그때 은수가 과감히 나서며 신 사장을 말리려 들었다.

"넌 뭔데 나서는 거야?"

그러나 신 사장은 그녀를 거세게 밀어버렸다. 은수는 차마 영업 부장이 손을 쓸 새도 없이 거칠게 밀려나 벽에 쿵 하고 부딪혔다. 그와 동시에 사장실에서 준서가 뛰어나왔다. 준서는 사태를 파악하듯 주변을 둘러보다가 영업 부장에게 거침없이 말했다.

"더는 예의 차릴 필요 없어."

그의 말이 끝나자마자 영업 부장은 신 사장을 개처럼 질질

끌고 복도로 나갔다. 지우는 걱정스러운 척하며 그를 따라 복도로 나가 보았다. 영업 부장은 한 손으로는 신 사장의 멱살을 잡고, 다른 한 손으로는 어딘가에 전화를 하고 있었다. 이윽고 영업 부장은 엘리베이터를 타고 신 사장과 함께 사라졌다. 지우가 복도의 창 밖을 내다보자 어디서 나타났는지 모를 남자 두 명이 다가와 신 사장을 차에 태우고 있었다. 영업 부장 역시 준서의 친구답게 평범치는 않은 사람인 듯했다. 지우는 다시 사무실 안으로 들어갔다.

"괜찮아요?"

은수는 아직 몸을 일으키지 못한 상태였다. 그녀는 아픔을 참으며 정신을 차리려 애쓰는 것이 역력해 보였다. 준서는 그런 그녀의 앞에 쪼그리고 앉아 그녀를 살폈다. 문득 그는 넘어지며 말려 올라간 치맛자락을 손수 내리며 그녀의 다리를 감추었다. 그 모습이 이상하게도 에로틱하게 느껴진 지우는 스스로 부끄러움을 느끼며 잠시 고개를 돌렸다. 이윽고 은수는 준서의 부축을 받으며 몸을 일으켰다.

"편집장님, 마무리 되면 직원들 퇴근시키세요."

준서는 편집장에게 지시하고는 은수의 가방을 들었다. 다른 한쪽 팔로는 그녀를 부축하고 있었다.

"저 혼자 걸을 수 있는데요."

은수가 부끄러움을 느끼며 그를 밀어내려 했으나 그는 개의치 않고 그녀를 붙잡은 채 사무실을 나갔다. 남은 두세 명의 여직원들은 멍한 눈으로 두 사람이 사라진 출입문 쪽을 바라보고 있었다. 지우는 무의식적으로 한숨을 내쉬고는 탕비실로 들어와 녹차 티백 하나를 집어 들었다. 그때 여직원 하나가 따라 들어왔다.

"사장님 저럴 때 보면 참 끼가 다분해 보여. 은수 쟤도 이미 넘어간 것 같네."

그녀는 종이컵에 믹스커피를 부으면서 소곤거렸다.

"그런데 영업 부장은 어떤 사람이야? 그 사람도 범상치 않은 것 같던데."

지우는 일부러 지나가는 듯한 평범한 말투로 물었다. 여직원은 마침 이야깃거리가 필요했는데 잘 걸렸다는 듯 눈을 동 그랗게 뜬 채 대답했다.

"그 사람 사채업자야. 여기에 직원처럼 소속되어 있는 건 형 식적인 거고, 외근 나갈 때 영업 뛰러 가는 게 아니라 돈 받으 러 가는 거라는 말도 있어. 그 사람 직원들은 항상 그 사람 주 변에 있어. 그래서 전화 한 통화면 바로 나타난대."

영업 부장에 대한 이야기는 생각 이상으로 놀라웠다. 지우 는 조직화되어 있는 사채업자와 절친한 친구로 지내는 준서는 어떤 사람일지 더욱 궁금해졌다. 어떻게 영업 부장 같은 사람 과 가까워진 건지, 학창시절은 어떠했는지. 무엇보다 현재 그 의 사생활이 어떨지가 가장 궁금했다.

"그러니까 지우 씨도 조심해. 영업 부장에게 대들다가 소리 소문 없이 사라진 직원도 있대. 물론 확인 된 일은 아니지만 조심해서 나쁠 건 없잖아."

은밀한 대화를 마친 여직원은 믹스커피를 쏟아놓았던 종이 컵에 뜨거운 물을 받아들고 조심조심 밖으로 나갔다.

다음 날 은수는 다소 밝은 모습으로 출근했다. 뜻밖의 봉변을 당했던 그녀에게 직원들이 다가와 안부를 물어왔다. 그녀는 일일이 괜찮다는 인사를 하며 웃어보였다. 어느 정도 정리가 되자, 지우는 그녀에게 다가가 조용히 물었다.

"사무용품 사러 가는데 같이 갈래?"

은수는 웃으며 고개를 끄덕였다. 이번엔 뭔가 기분 좋은 일이 있었던 듯했다. 지우는 겉옷을 챙겨들고 은수와 함께 밖으로 나왔다. 이제 늦가을에 접어들면서 겉옷을 걸치지 않으면 쌀쌀함에 한기가 돌 정도의 날씨였다. 지우는 횡단보도를 건너기 위해 신호를 기다리며 고개를 돌려 옆에 서 있는 은수를 바라보았다. 그녀는 바람에 흩날리는 머리를 귀 뒤로 넘기면서 그윽하게 맞은편 가로수를 보고 있었다. 빛바랜 낙엽이 하나둘씩 떨어져 내려 가로수 길은 수북하게 가을이 내려앉은 듯했다.

"사장님과 저녁식사라도 했어?"

은수가 도무지 말을 꺼내지 않아 답답해진 지우가 먼저 물었다. 은수는 생각에 잠겨 있다가 이제야 돌아온 듯 지우를 빤히 보다가 천천히 미소 지었다.

"저는 괜찮다고 했는데 사장님이 혹시 모른다고 해서 병원에서 간단한 검사를 하고 식사를 하러 갔어요."

그녀는 여전히 가로수와 주변에 떨어진 낙엽들에 시선을 주고 있었다.

"이번엔 얼마나 근사한 곳이었어?"

지우의 물음에 은수가 대답하려 할 때 맞은편에서 누군가 걸어오며 큰 소리로 아는 체를 해왔다.

"일은 안 하고 어딜 돌아다니냐?"

정우였다. 그는 트렌치코트를 걸치고 담배를 피워 문 채 웃는 얼굴로 다가왔다. 그는 지우와 적당한 농담을 주고받은 뒤 은수에게 인사를 건넸다.

"저번에 술자리에서 한 번 뵀었죠?"

"아, 네······."

쾌활한 정우와 달리 은수는 뭔가 불편하거나 어색한 모습이었다. 문구점 안에 들어서자 은수는 필요한 물품 몇 가지를 고르고 나서 먼저 들어가겠다며 서둘러 사무실 쪽으로 향했다. 한눈에 봐도 정우를 피하는 모습이었다. 정우는 그녀의 뒷모습을 바라보며 피식거렸다.

"저 여자 생각이 날 것도 같다."

그는 담배를 새로 꺼내서 불을 붙이고 있었다. 지우는 그가 불붙인 담배를 빼앗아 들었다.

"그렇게 말하지 말고 확실하게 생각나면 얘기해."

지우가 무뚝뚝하게 말하며 무의식적으로 사무실 쪽을 올려다보자, 복도 쪽 창에서 준서가 내려다보고 있는 것이 보였다. 정확히 자신과 정우를 쳐다보고 있는 것 같았다. 순간 뭔지 모르게 오싹한 기분이 들었다. 지우는 문구용품을 챙기며 정우를 밀어냈다.

"어서 네 갈 길 가. 더 생각나는 거 있으면 연락하고."

지우는 건물로 들어선 후, 엘리베이터를 기다리려다가 왠지 5층에서 내리다가 준서와 마주칠까 하는 조바심 때문에 천천히 계단을 오르기 시작했다. 괜한 호기심에 회식자리에 정우를 불러 두 사람을 마주치게 한 것이 후회가 되었다. 그 당시에는 상황을 즐겼을지라도 이후에 준서의 눈치가 보이는 건 어쩔 수 없었다. 어쨌건 그는 그녀의 고용주이고, 그가 그녀를 해고하면 그의 치부나 약점을 찾을 수 있는 기회도 사라지는 것이다. 지우는 진심으로 정우가 그의 몫의 재산을 찾을 수 있길 바라고 있었다.

4층에 가까워졌을 때 누군가의 목소리가 도란도란 들렸다. 지우는 발걸음 소리가 들리지 않게 조심조심 오르며 위를 쳐다보았다. 4층과 5층 사이 계단에서 준서와 은수가 대화를 나누고 있는 모습이 보였다. 지우는 그 자리에 굳어버린 듯 멈춰 서서 본능적으로 귀를 기울였다.

"지우 씨하고는 가까운 편인가요?"

"적당히 친해요. 친구만큼 가깝진 않고요."

준서의 물음에 은수가 조심스럽게 대답하고 있었다. 은수는 마치 궁지에 몰린 듯 벽에 거의 몸을 붙이고 있었고, 준서는 그녀의 근처를 서성이며 질문하고 있었다. 마치 심문이라도 하는 듯한 모양새였다.

"정우하고도 잘 알겠군."

"그분하고는 그 식당에서 처음 본 게 다예요."

준서는 머리를 쓸어 넘기며 유리벽 쪽을 향했다. 지우가 서 있는 곳에서는 그의 뒷모습이 보이는 상태였다.

"조금 전에 함께 걸어가고 있는 걸 봤어. 지우 씨하고 셋이서 말이야."

"지우 선배와 함께 문구점에 가다가 우연히 마주친 거예요."

이제는 심문하는 분위기에서 바람난 와이프를 추궁하는 분위기로 변해 있었다.

"사실 별로 가까워지고 싶은 사람도 아니에요. 사장님의 동생 되는 분이시니 예의를 차리고 싶지만 뭔가 음침한 느낌이 들어서⋯⋯."

은수는 말끝을 흐리며 입술을 깨물었다. 준서는 은수의 그 말이 마음에 든 듯 바로 몸을 돌려 그녀를 바라보았다. 얼굴에는 만족스러움이 가득해 보였다. 그러나 이어지는 은수의 말에 그의 표정은 다시금 싸늘하게 굳어졌다.

"그리고 사장님과도 이제 이런 식의 개인적인 자리는 피하고 싶네요."

사내에선 그와 그녀에 대한 소문이 떠돌고 있었고 그것은 그녀에게 전적으로 불리하게 전개되며 살이 붙었다. 이따금씩 여직원들은 화장실에 모여 그 소문에 대해 떠들다 그녀가 들어오면 다 같이 맞추기라도 한 듯 입을 다물곤 했다. 남직원들의 술자리에서 안주거리가 된다는 건 굳이 확인하지 않아도 알 수 있었다. 그녀와 비교적 가깝게 지내는 또래 여직원들은 가끔 그녀를 찾아와 말을 빙빙 돌리며 소문이 사실인지 확인하려 들기도 했다. 그러한 일들이 그녀를 지치게 만들고 있었던 것이다.

"왜? 내게 불만이라도 있나?"

준서는 은수가 왜 그런 말을 하는지 전혀 모르겠다는 표정이었다.

"그건 불만이 있고 없고의 문제가 아니에요."

"그럼 뭐가 문제지?"

모르는 척하는 것인지, 정말 모르는 것인지 알 수 없는 준서의 말에 그녀는 대답 대신 한숨을 내쉬었다. 잠시 고개를 숙인 채 발끝을 움직이며 생각에 잠긴 표정이 되어 있던 은수는 문득 고개를 들며 당돌하게 물었다.

"사장님, 혹시 저와 연애한다고 생각하시나요?"

그녀의 말에 그는 풋 하고 웃음을 터뜨렸다. 그리고 곧 그 웃음을 수습하며 대답했다.

"연애할까?"

그는 여전히 넉살을 부리고 있었다. 그녀는 할 말을 잃고 멍한 표정이 되었다. 준서는 매우 적극적이었다. 허나 그것이 그녀를 진심으로 대하는 것인지, 흥미롭게 생각할 뿐인 것인지 은수는 판단이 서질 않았다. 엿듣고 있는 지우도 마찬가지였다. 지우는 여전히 몸을 감춘 채 두 사람을 뚫어지게 지켜보았다.

"이제 들어가 보도록 해요. 나는 S사와의 미팅 때문에 지금 나가봐야 하니까."

문득 준서가 은수에게 간단하게 인사를 하고 계단을 내려오기 시작했다. 평소에도 주로 계단을 이용하는 그였던 것이다. 지우는 그에게 들킬 것이 염려되어 최대한 소리 내지 않고 빠른 속도로 달아나기 위해 애쓰기 시작했다. 그가 내려오는 속도는 빨랐지만 다행히 꼬리를 잡히지 않고 1층에 다다랐다. 지우는 태연한 척하며 엘리베이터 앞에서 버튼을 누르고 서 있었다. 곧이어 비상계단을 빠져나온 준서가 곁을 지나며 그녀를 쳐다보았다.

"지우 씨, 어디 아픕니까? 땀을 많이 흘리네요."

그는 어쩌면 당연하게도 그냥 지나치지 않고 의미심장한 말을 건넸다.

"괜찮습니다. 그런데 사장님은 외근 나가시나 봐요?"

지우는 옷소매로 땀을 닦아내며 천연덕스럽게 물었다.

"건강 잘 챙겨요."

그는 한쪽 입술 끝을 올리며 가벼운 미소를 짓고는 건물 입구로 향했다.

실종

어느덧 추위가 시작되는 초겨울이 되었다. 창밖에 가로수도 얼어붙은 듯 초라해 보였다. 인적 드문 도심의 거리는 쓸쓸했다. 지우는 잠시 창밖으로 향해 있던 시선을 거두고 모니터를 쳐다보며 업무에 집중하려 노력했다. 그날따라 사무실은 적막이 감돌 정도로 고요했다. 직원들 모두가 일에 몰두하고 다른 생각은 조금도 하지 않는 듯했다. 지우는 무의식적으로 은수 쪽을 쳐다보았다. 그녀는 뭔가를 작성하고 있는지 상당히 몰입한 얼굴로 키보드를 두드리고 있었다. 그때 문득 정적을 깨기라도 할 듯이 전화벨이 크게 울렸다. 총무직원이 곤란한 표정으로 전화를 받았다. 그녀는 계속 저희는 모른다는 말만 반복하다가 가까스로 수화기를 내려놓았다. 얼마 전부터 누군가를 찾는 전화가 사무실로 여러 번 걸려왔더랬다. 그때마다 총무는 저희는 모르는 일이라는 말을 반복했지만 전화를 걸어 온 상대방은 뭔가 숨기는 게 있다고 생각하는지 자꾸만 전화를 걸고 또 걸었다. 스트레스가 심했던 탓인지 이마에 손을 얹고 미간을 찡그리고 있던 총무는 신경질적으로 자리에서 일어나 사무실 밖으로 나갔다. 지우는 궁금함을 이기지 못하고 그녀를 따라 나갔다.

"무슨 일이에요?"

지우가 영문 모를 표정을 지으며 그녀에게 물었다. 그녀는 자판기에서 음료수를 뽑으려다가 동전을 먹자, 짜증을 내며 자판기를 툭툭 쳤다. 이윽고 여러 개의 동전이 쏟아져 나오자 그제야 맘이 풀린 듯 지우를 보며 대답했다.

"그 새끼 있잖아. 몇 번 찾아왔던 신 사장. 그 사람이 얼마 전에 실종됐나봐."

총무는 적지 않은 나이와 사회적 경험 때문인지 말투도 걸걸했다.

"근데 그 와이프가 자꾸 회사에 전화를 해서 그 새끼를 찾는 거야. 자기 와이프한테 우리 사장을 만나러 간다고 하면서 나간 뒤로 연락도 안 되고 돌아오질 않는다는 거야. 상황은 안타깝지만 우리보고 어쩌라고? 정 걱정되면 경찰서에 신고부터 하든가. 이건 영업방해야."

그녀는 콜라를 따서 벌컥벌컥 마시다가 탄산으로 인해 알싸한 느낌이 드는지 얼굴을 살짝 찡그렸다. 지우가 몇 마디 맞장구를 쳐주고 나자 총무는 밀린 일을 해야 한다며 먼저 사무실로 들어갔다. 남은 지우는 잠시 자판기 앞을 서성거렸다. 신 사장이 실종되었다는 말이 상당히 오싹한 느낌으로 다가왔다. 그가 사무실에서 난동을 부리다 영업 부장의 아랫사람들에게 끌려가던 것이 자꾸만 마음에 걸렸다. 영업 부장이 사채업자라고 속삭이던 여직원의 말이 떠올랐다. 왜 하필 신 사장은 그날의 모습을 끝으로 사라진 건지, 정말 영업 부장과 연관 있는 일인지, 생각은 꼬리에 꼬리를 물고 이어졌다. 만일 그의 실종이 영업 부장과 관계된 일이라면 그것은 곧 준서와 관계된 일이라고 봐도 무방할 것이다.

"확실하게 처리 된 거지?"

깊은 생각에 잠겨 있을 무렵, 계단 아래에서 나지막한 목소리가 들렸다. 그는 준서였다. 지우는 서둘러 몸을 감추고 귀를 기울였다.

"괜히 경찰이 가담하게 되면 곤란해지니까……."

그는 은밀히 휴대폰의 상대와 통화를 하다가 5층에 다다르자 본능처럼 입을 다물었다. 그는 6층 쪽으로 올라가 있는 지우를 발견하지 못한 채 잠시 통화를 했다. 그러나 그 이후로 그는 상대방의 말만 들을 뿐, 더 이상 입을 열지는 않았다. 깔끔한 코트차림에 기름이라도 바른 듯 차분하게 내려앉은 검은 머리는 충분히 매력적이었다. 그러나 지우의 머릿속에서 그는 점점 무시무시한 모습으로 변해 가고 있었다.

퇴근 후, 총무를 비롯한 몇몇 여직원들과 함께 조촐한 술자리가 마련되었다. 최근 들어 더욱 심해진 준서와의 소문으로 의기소침해진 은수는 먼저 돌아가겠다고 했으나 나이 많은 총무의 권유에 결국 함께 자리하게 되었다.

도심 한가운데에 위치한 술집임에도 불구하고 월요일이라 그런지 한산했다. 생맥주와 안주가 나오자 가장 어린 여직원이 술잔을 돌리기 시작했다. 은수는 그러한 모습을 멍하니 바라보고 있었다. 시선만 그곳에 있을 뿐 머리로는 다른 생각을 하는 것 같았다.

"은수 씨, 너무 신경 쓸 필요 없어."

총무가 점심도 제대로 먹지 못한 은수에게 돈가스 안주를 권하며 말했다. 은수는 억지로 웃는 얼굴을 하며 그것을 겨우 입에 넣었다. 시간이 지날수록 그녀의 얼굴은 점점 더 창백해지고 있었다. 그도 그럴 것이, 최근엔 밤늦은 시간에 빈 사무실에서 그녀가 준서를 끌어안고 있었다는 소문이 돌고 있었던 것이다. 분명 먼저 수작을 부리는 것은 준서였으나, 소문은 어느새 그녀를 나쁜 여자로 몰아가고 있었다.

"그런 거, 다 남자들이 술자리에서 떠들다가 살을 붙이는 거야."

총무는 진심으로 자기 일처럼 걱정하는 표정이었다.

"그래, 은수 씨만 당당하면 그만 아니야? 그냥 무시해버려."

지우가 술잔을 들며 한 마디 거들고 나섰다. 은수에게 신뢰를 잃지 않기 위해서였다. 마침내 은수는 조금 전보다 훨씬 밝아진 얼굴로 술잔을 기울이기 시작했다.

"신 사장 부인의 전화는 이제 안 오겠죠?"

문득 지우는 총무의 눈치를 살피며 슬쩍 신 사장의 이야기를 꺼냈다. 총무는 다시 스트레스를 받는 듯 가득 담긴 술을 한 번에 다 비우고는 입을 열었다.

"말도 마. 내일이면 또 오겠지 뭐. 그보다 아까 좀 이상한 게 있었어."

총무는 갑자기 정색하는 표정이 되어 은밀히 말했다.

"사장이 외근에서 돌아왔을 때 보고했거든. 신 사장을 아직도 찾지 못했다면서, 그의 부인이 내일쯤에는 신고를 할지도 모르겠다, 그러면 사무실에도 경찰이 방문하게 되지 않겠냐고. 그랬더니 사장이 잠깐 생각에 잠겨 있다가 혼잣말하듯 중얼거리는 거야. '잘 처리하라고 했는데' 이렇게 말이지."

총무의 이야기는 마치 끔찍한 괴담이라도 듣는 것처럼 소름이 돋게 했다. 다른 여직원들이 호들갑을 떨며 사장이 뭔가 아는 거냐고 서로 묻고 추측할 때 지우의 머릿속에서는 소설의 스토리가 전개되고 있었다. 김준서는 평범한 사람이 아니다, 자기를 방해하는 사람은 없애버린다, 그래서 사채업자 친구도 곁에 두고 있는 것이다. 생각이 여기까지 이르자 진심으로 준서가 두려워지기 시작했다.

문득 약 보름 전의 준서의 모습이 떠올랐다. 지우는 그날따라 차가 막히지 않아 일찍 도착해 사무실의 불을 켜고 원두커피를 뽑고 있었다. 그때 준서가 매우 피곤한 모습으로 사무실에 들어섰다. 항상 깔끔한 그가 웬일로 흐트러진 모습으로 나타났기에 지우는 의아할 수밖에 없었다. 그녀가 이상한 눈으로 쳐다보는 걸 깨달았는지 그는 친구가 상을 당해서 밤새 자리를 지키다가 바로 오는 거라고 말했다. 그렇게 말하는 그의 와이셔츠 칼라에 옅은 핏자국이 보였다. 지우는 대수롭지 않게 생각하고는 방금 내린 커피를 컵에 담아 그에게 가져갔다. 아무 생각 없이 사장실의 문을 여는데 그가 막 자켓을 벗고 있었다. 그런데 그의 와이셔츠 소매에 진한 핏자국이 찍혀 있는 것이 보였다. 칼라의 옅은 자국과는 다른, 상당히 진한 얼룩이었다. 지우는 흠칫 놀라며 커피 잔을 아무렇게나 내려놓고 도망쳐 나올 수밖에 없었다.

　K씨는 새로 계약한 저자와 함께 식사를 하고 있었다. 연예생활을 오래 해온 이가 자서전을 출간하고 싶다며 그를 찾아 온 것이었다. 두 사람이 한창 식사 중일 때 종업원의 제지에도 개의치 않고 K가 자리한 방 안으로 뛰어 들어오는 남자가 보였다. 성이 난 채, 살찐 몸을 힘겹게 가누며 찾아온 남자는 바로 오래 전부터 그를 귀찮게 방해하던 작은 회사의 사장이었다.

"자네 이럴 수 있어? 내가 그 돈 없으면 죽을 것 같다고 하는데도 그렇게 무정하게 굴 수가 있나? 자네가 아버지한테 물려받은 재산이 얼마인지 모르는 것도 아닌데 이래도 되는 건가?"

남자는 다급하게 그에게 달려와 소리쳤다.

"사장님이야 말로 이게 무슨 짓입니까, 무례하게."

K는 최대한 언성을 높이지 않으려 노력하며 대꾸했다.

"자네 부친을 봐서라도 이러면 안 되는 거 아닌가? 자네는 위아래도 없나?"

남자는 웬만해선 물러나지 않을 듯한 기세였다. K는 피곤함을 느끼고 한숨을 내쉬었다. 맞은편에서 음식을 먹기 바쁘던 저자는 소란스런 와중에도 개의치 않고 배를 채우다가 먹을 만큼 먹었는지 상에서 물러났다.

"김 대표님, 아니 이게 무슨 상황입니까?"

저자는 자신은 전혀 모르는 일이라는 듯 멍한 표정까지 짓고 있었다.

"두 분이 할 얘기가 있는 것 같으니 난 이만 가봐야겠군요."

이윽고 저자는 난감한 자리를 피하기 위해 K에게 간단한 인사만을 건네고는 재빨리 방을 빠져나갔다. 이에 기세등등해진 남자는 빈자리를 차지하고 앉아 K를 쏘아보기 시작했다. K는 집으로 돌아가 쉬고 싶은 생각만이 간절했다. 일단은 이 자리를 피한 후, 훗날 다시금 제대로 처리를 해야 한다는 판단이 든 그는 명함 하나를 테이블에 던졌다.

"제 번호가 바뀌었습니다. 다음 주에 다시 연락주시죠."

그는 머리가 아픈 듯 이마에 손을 얹은 채 자리에서 일어났다.

"아직 내 말 안 끝났어!"

뒤에서 남자가 소리쳤지만 그는 상관하지 않고 방을 빠져나갔다. 남자는 소리만 고래고래 지를 뿐 K를 따라 나오지는 않았다. 그 점이 이상하다 싶은 생각이 들긴 했지만 어서 쉬고 싶다는 생각에 그저 빠른 걸음으로 주차장으로 향했다.

그의 집은 시 외곽에 있었다. 그렇지만 도심과 멀지 않은 거리에 있는데다가 친환경적인 거주지였기에 제법 고급형의 주택이 늘어선 곳이었다. 집 앞에 차를 세운 그는 인적이 드문 주택가의 고요함을 즐기며 천천히 걷기 시작했다. 막 대문을 열고 안으로 들어서는데 누군가 잽싸게 그의 뒤를 따라 들어왔다.

"사람은 말이야, 궁지에 몰리면 무슨 짓이든 할 수 있는 거야."

바로 음식점에서 그를 급습했던 남자였다. 아마도 그의 뒤를 계속 따라온 듯했다.

"돈이라도 내놓으면 순순히 사라져주겠어."

남자는 K를 위협하듯 말했다. 평소 비굴해보이던 남자였으나 오늘만큼은 범죄에 익숙한 건달이라도 되는 듯 섬뜩하기까지 했다. K는 그런 남자를 바라보며 잠시 어떡해야 하나 고민했으나 역시 그를 달래고 어쩌고 하기에 자신이 너무 피곤하다는 결론에 이르렀다.

"일단 안에 들어가서 얘기합시다."

"좋지. 원하는 바야."

K의 말에 남자는 기다렸다는 듯 현관으로 향하기 시작했다. 오른손은 처음 모습을 드러낼 때부터 쭉 바지 주머니에 감춘 채였다. K는 남자의 오른 손을 계속 주시하면서 현관을 열고 안으로 들어섰다. 이윽고 그는 냉장고에서 생수를 꺼내 병째로 마시며 남자를 흘끔 바라

보았다.

"어서 돈을 내놔. 네 아버지를 생각하면 나에게 이럴 권리는 있으니까."

소파에 앉아 있을 거라 생각했던 남자는 어느새 그의 곁으로 와 그의 목에 칼을 겨누고 있었다. 칼을 감추고 있던 오른손은 식은땀으로 젖어 있었다. K는 거추장스러운 일에 말려든 자신을 반성하며 한편으로 아버지와 무슨 일이 있었기에 남자가 자신에게 이토록 당당하게 돈을 요구하는지 의문이 들었다.

"자네 아버지가 재미삼아 내 아내와 하룻밤 즐긴 덕에 난 아내와 이혼하게 되었지."

이런 것이었군. 그의 말을 듣던 K가 코웃음을 쳤다.

"이 정도면 내가 요구할 권리가 없다곤 못하겠지. 네 아버지가 재산을 모두 너에게 넘기는 통에 난 위자료도 제대로 챙기지 못했으니까."

남자는 당당하게 말하고 있었지만 어쩐지 말끝은 점점 흐려지고 있었다. 두려움과 불안함을 느끼고 있는 듯했다.

"알겠습니다. 그런 이유라면 저도 모른 척 할 수 없겠군요. 당장 돈을 입금하겠습니다."

K는 남자를 안심시키기 위해 감언이설을 하며 곁눈질로 그를 바라보았다. 한시름 놓은 듯한 남자의 얼굴은 여전히 땀으로 번들거리고 있었다.

"그래, 잘 생각했어. 나도 자네에게 이렇게까지……."

남자의 말이 끝나기도 전에 K의 팔꿈치가 그의 얼굴을 가격했다. 남자는 칼을 떨어뜨리고 뒤로 나동그라졌다. K는 잽싸게 칼을 집어들고 엎어져 있는 남자의 얼굴에 들이밀었다.

"피곤해. 이제 그만 떠나줘야겠어."

K가 미간을 찡그린 채 말하자, 남자는 조금 전과는 다르게 두려움에 가득 찬 얼굴이 되어 부르르 떨기 시작했다.

"알겠네. 이만 나가겠어."

"아니, 영원히 떠나라는 말이야."

남자는 밖으로 달아나기 위해 몸을 일으키려 했지만 K의 손에 들린 칼이 이미 그의 목덜미를 찌르고 있었다. 마치 풍선에 바람이 빠지기라도 하듯 피가 분수처럼 쏟아졌다. 고통에 몸부림치던 남자는 어느덧 조금씩 온기가 빠져가기 시작했다. 잠시 피가 낭자한 주방 바닥에 나동그라져 있는 시신을 바라보던 K는 미처 마시지 못한 생수를 마저 마시고는 거실 소파로 향했다. 주머니에 있던 휴대폰을 꺼내 친구에게 잠깐 집으로 들러달라는 부탁을 하고는 소파에 몸을 뉘였다. 피곤함은 더욱 물밀 듯이 밀려 왔다. 그는 어느새 잠에 빠져들었다.

"그만 일어나 봐."

문득 누군가가 부르는 소리에 천천히 눈꺼풀을 들자 잠이 들기 전 연락을 취했던 친구가 눈앞에 서 있었다. 사채업을 하는 친구였다.

"무슨 일이냐? 저기 저건 뭐고?"

친구가 남자의 시신을 가리키며 물었다.

"그렇게 됐다."

K가 대답하기 귀찮다는 투로 응답하자 친구는 수긍하듯 고개를 끄덕였다.

"사정은 나중에 들어도 되니 일단 정리나 해야겠군."

두 사람은 영업용 쓰레기봉투에 시신을 담았다. 바닥에 낭자한 피를 닦은 휴지와 걸레조각 또한 함께 담았다. 이윽고 시신을 트렁크에 싣고 차를 몰기 시작했다. 친구가 K의 차를 대신해서 몰고 K는 다시금 잠에 빠졌다.

어느 정도의 시간이 지났는지 모를 새벽, 친구는 K를 흔들어 깨웠다. 그가 기지개를 켜며 차에서 내리자 등산객들이 종종 찾곤 하는 도시 내의 작은 산이었다.

"이런 곳 괜찮을까?"

그는 시큰둥하게 친구에게 물었다.

"외진 곳보다 오히려 나을 거야."

친구는 등산로를 벗어난 위치에 있는 공터를 깊게 파기 시작했다. 그 역시 함께 땅을 팠다. 이윽고 남자는 땅 속 깊숙이 묻히고 말았다. 겨울이 가까워지고 있기 때문인지 여전히 어두웠다. 그는 친구와 함께 담배를 나누어 피우고는 다시금 차를 몰고 산을 내려왔다. 육체노동을 해서 그런지 허기가 진 그들은 24시간 운영한다는 분식집으로 들어가 김밥과 라면을 먹었다. 음식은 매우 맛있었다. 지난 저녁에 고가의 음식점에서 먹은 한정식보다 몇 배는 맛있는 음식이었다.

꿈속의 살인

"그의 색다른 사생활에 대해 알아냈어."

"그게 뭔데?"

정우는 라면국물에 밥을 말아서 한 입 떠먹으며 지우에게 물었다. 한가로운 토요일 오후였다. 정우는 지우의 집에서 마치 제 집이라도 되는 양 트레이닝바지를 입고 오전부터 와서 빈둥거리는 중이었다. 지우는 커다란 머그컵에 믹스커피 다섯 봉지를 털어 넣고는 물을 가득 부었다.

"살인."

"뭐 살인?"

정우는 되물으며 고개를 갸웃거렸다.

"그건 좀 심한 상상 아니냐? 너 취했어?"

지우가 옆에 다가와 앉자 정우는 그녀의 얼굴을 빤히 들여다보며 안색을 살폈다. 준서의 사생활 속에 '살인'이라는 것이 존재한다고는 생각할 수 없다는 행동이었다. 지우는 그간의 있었던 일들과 신 사장이 살해당한 것으로 결론지어질 수밖에 없는 몇 가지 단서들을 나열하듯 이야기했다. 정우는 묵묵히 그녀의 말을 들었다. 평소 악동 같은 그의 모습도 깊은 생각에 잠기게 되자 제법 말쑥해 보였다. 지우는 그가 생각을 정리할 때까지 기다리며 묵묵히 커피를 마셨다. 평소 그녀는 프림과 설탕이 듬뿍 들어간 다방 스타일의 커피를 즐겼다. 적당한 포만감에 만족감을 채워주기 때문이었다. 어느덧 머그컵 가득했던 커피를 다 마신 지우는 다시 한 잔을 채우기 위해 싱크대 쪽으로 걸어갔다.

"나도 한 잔 줘."

여전히 생각에 잠겨 있는 정우가 스치듯 한마디 던졌다. 지우는 다섯 봉지의 믹스커피를 넣은 머그컵 두 개를 가지고 와서 정우에게 내밀었다.

"어쩌면 가능한 일이라는 생각도 든다. 아버지도 자기 부인을 살해했으니, 그 핏줄을 이어받은 준서도 충분히 그럴 수 있지."

그는 커피를 한 모금 마시고는 마치 탐정이라도 된 듯 눈을 가늘게 뜨며 말했다. 순간 지우의 입에선 그럼 너는? 이라는 말이 튀어나오려 했으나 가까스로 저지하고는 맞장구를 쳤다.

"그렇다면 증거를 찾아야 하지 않아?"

"월요일에 퇴근시간쯤 사무실 근처로 차를 가지고 가지. 그전에 준서에게 다른 일정이 생기는 것 같으면 미리 연락 넣어줘."

정우는 비장한 얼굴로 말했다. 지우의 머릿속에 자꾸만 피가 묻은 와이셔츠를 입고 있던 준서의 모습이 떠올랐다. 그녀가 그것을 발견하고 흠칫 놀랄 때에도 그는 아무렇지 않은 듯 웃으며 말을 건네 왔던 것이다.

'왜요? 옷에 뭐라도 묻었나요?'

그 말을 할 때조차 그는 태연했다. 대체 그는 어떤 사람일까. 그의 약점을 잡아 그것을 빌미로 재산을 얻어낸다고 설쳐대는 정우와 지우 자신도 아무도 모르게 은밀히 살해당해 버려지는 것이 아닐까. 깊은 바다 속, 혹은 인적이 드문 산길에.

월요일 오후였다. 낮부터 내린 비는 오후가 다 지나도록 그칠 줄 모르고 추적추적 내리고 있었다. 은수는 복도에 서서 창밖을 내다보며 깊은 사색에 잠겨 있었다. 지우가 따라 나와 옆으로 다가오는 것도 눈치 채지 못한 채 멍하니 창밖으로만 시선을 주고 있는 것이었다. 빗물에 잠기는 그녀의 옆얼굴은 우울했다. 그녀와 준서에 관한 소문은 더 이상 확대되지 않았지만 아무래도 그녀는 그러한 소문 자체를 견디기 힘들어하는 듯했다.

"뭐하고 있어? 퇴근시간 다 됐어."

그녀의 우울함을 보다 못한 지우가 말을 걸자 그녀는 돌아보며 슬며시 웃었다. 그때 문득 누군가가 복도로 나왔다.

"은수 씨, 같이 퇴근하죠."

그는 준서였다. 은수는 그를 돌아보지도 않은 채 대답했다.

"먼저 가세요."

"할 말이 있다고 했잖아."

준서는 지우가 옆에 있는 것은 개의치 않고 반말로 말했다. 오히려 그녀가 듣기를 바라는 것 같기도 했다. 은수는 잠시 움찔 하는 듯하더니 한숨을 쉬며 그에게로 돌아섰다. 지우가 듣는 상황에서 더 이상의 구체적인 말이 나오는 것을 꺼리는 눈치였다.

"선배, 내일 봬요."

은수는 마지못해 준서와 함께 엘리베이터에 오르며 지우에게 인사를 건넸다. 엘리베이터가 내려가기 시작하자 지우는 급하게 계단을 뛰어 내려갔다. 정신없이 뛰어가 마침내 지하 주차장에 다다라서 모퉁이에 몸을 숨긴 채 지켜보자, 준서의 차가 입구 쪽으로 향하는 것이 보였다. 지우는 몸을 숙인 채 구석에 세워 둔 정우의 차에 올랐다.

"어서 출발해."

정우는 지우가 차문을 닫자마자 달리기 시작했다. 막 입구를 빠져나오는데, 준서의 차가 맞은편 카페 앞에 세워져 있는 것이 보였다. 그의 눈에 띄지 않도록 몸을 숨긴 채 지켜보니 두 사람이 함께 차에서 내려 카페 안으로 들어가고 있었다. 창가 쪽에 자리 잡은 준서는 메뉴판을 보며 이것저것 주문을 하고, 은수는 관심 없는 표정으로 턱을 고이고 있었다.

"식사라도 하려는 건가."

정우가 귀찮다는 표정을 지으며 중얼거렸다.

"테이블 세팅을 하지 않는 걸 보니 포장해가려는 모양이야. 준서가 저 카페의 음식을 종종 포장해간다는 걸 들었어."

문득 카페의 여직원이 준서에게 다가오며 뭔가 말을 거는 것이 보였다. 한껏 부풀린 곱슬머리에 공들인 화장이 그녀의 과장된 몸짓을 더욱 강조하고 있었다. 준서가 별다른 반응을 보이지 않는데도 불구하고 여직원은 계속해서 그의 관심을 끌기 위해 노력하는 듯, 말을 걸며 몸을 밀착하고 있었다. 은수는 여전히 턱을 고인 채 유리벽 밖을 바라보았다. 여직원은 준시를 바라보고, 준서는 은수를 바라보고, 은수는 창밖을 바라보는 우스운 상황이 연출되고 있었다.

"저 여자는 뭐지?"

"평소에 준서에게 유난한 관심을 보이던 여종업원이야. 겉모습이 좋아서인지, 재력가인 것을 알기 때문인지는 모르겠지만."

지우는 정우에게 흥미롭게 대답했다. 여직원은 평소에도 준서가 나타나면 그가 자리를 뜰 때까지 끊임없이 그의 곁을 맴돌며 눈길을 끌기 위해 노력했다. 준서는 그녀를 본체만체 했으나 그녀는 변함이 없었다. 지금처럼 여자와 함께 온 날에는 교태가 더욱 심해지곤 했다.

이윽고 준서는 종업원에게서 포장된 음식과 커피 등을 두 손 가득 받아들고 밖으로 나왔다. 그는 뒷좌석에 그것들을 내려놓고 운전석으로 가 다시금 차를 몰기 시작했다. 정우 역시 조심스레 그의 차를 따라 달렸다. 차는 점점 교외로 향하고 있었다. 지우는 이미 그의 집이 도심에서 멀지 않은 외각에 위치하고 있다는 것을 알고 있었기에 별다른 생각은 들지 않았다.

어느덧 준서가 살고 있는 전원주택에 다다랐다. 정우는 눈에 띄지 않는 곳에 차를 세우고 시동을 껐다. 가만히 지켜보고 있자 두 사람이 차에서 내렸다. 준서가 현관문을 여는 동안 가만히 서 있던 은수는 문득 돌아서서 걸어가기 시작했다. 그녀가 막 얕은 울타리를 열고 길가로 나왔을 때 준서가 뒤따라와 그녀를 붙잡았다. 그녀의 머리칼이 빗물에 젖어 어깨로 차분히 내려앉고 있었다. 준서가 계속해서 뭔가 말을 하고, 은수는 고개를 숙인 채 아무런 말도 하지 않았다. 기이하면서도 드라마틱한 광경이었다. 이윽고 준서는 은수의 손을 붙든 채 다시 현관 쪽으로 향했다. 은수 역시 묵묵히 그를 따라가고 있었다. 두 사람이 안으로 들어가자 정우와 지우는 밖으로 나왔다. 창문을 통해서라도 안을 들여다보고 싶기 때문이었다.

슬며시 울타리를 넘어 창문가로 다가갔다. 은수는 거실에 멍

하니 서 있었다. 그때 준서가 마른 수건을 들고 그녀에게 다가

왔다. 문득 빗물이 지우의 눈에 들어가 시야가 흐려졌다. 그녀

는 손바닥으로 얼굴을 대충 쓸어내리고는 다시 두 사람을 주

목했다. 준서는 손수 은수의 머리칼의 물기를 닦아주다가 그

녀를 와락 끌어안았다. 한 몸이 된 두 사람을 보자 이상하게

도 심장이 뛰어 더 이상은 지켜보기가 어려웠다. 지우는 등을

돌리고 한숨을 쉬었다.

"왜 그래?"

"더는 못 보겠어."

돌아서버린 지우와 달리 정우는 계속 두 사람을 주시했다.

이윽고 그는 아쉽다는 듯 말했다.

"그냥 아까 사온 음식을 먹기 시작했어. 재미없군."

지우는 처마 밑에 숨은 채 비에 젖어드는 준서의 앞마당을

보고 있자 묘한 생각이 들었다. 비가 더욱 세차게 내려, 다음날

아침에 여기서 신 사장의 시체 일부가 드러난다면 어찌 될 것인가.

"신 사장을 여기에 파묻은 것이 아닐까."

정우 역시 그녀와 비슷한 생각을 했는지 조용히 말을 건넸다. 두 사람은 비가 더 거세지거나 밤이 깊어 준서가 잠이 들면 다시 돌아와 마당을 살피기로 하고는 잠시 차로 돌아왔다. 허기짐이 느껴져 근처에 있는 편의점에서 빵과 우유를 사들고 와서 먹기 시작했다.

그렇게 무의미한 시간을 보낸 지 얼마나 되었을까. 문득 현관으로 은수와 준서가 나오는 것이 보였다. 아마도 준서가 은수를 데려다주려는 것 같았다. 두 사람이 차를 타고 사라지자 정우와 지우는 다시금 준서의 앞마당으로 슬며시 다가왔다.

"시간이 얼마 없어!"

정우는 다급해하며 주변을 두리번거리다 옆집의 마당에 세워져 있던 삽을 들고 왔다. 그는 마치 실성한 사람처럼 이곳저곳 파헤치기 시작했다. 그 모습이 너무 광적이어서 기괴할 지경이었다.

"여기서 이런다고 뭐라도 발견할 것 같아? 차라리 안으로 침

입하자."

지우가 말리려 했지만 그는 듣지 않았다. 마치 그 자리에 준

서가 시체를 묻는 걸 목격이라도 한 사람처럼 계속해서 땅을

파댈 뿐이었다. 그때 문득 멀리서 자동차 소리가 들려 왔다.

본능적으로 준서가 돌아오고 있는 것이라는 생각이 들었다.

정우는 삽을 내동댕이치고 자신의 차 쪽으로 달려갔다. 지우

는 급한 대로 그 삽을 옆집의 마당에 던져놓고 달려갔다. 무사

히 정우의 차에 올라서 앞을 주시하자, 역시나 준서가 차를 주

차하고 내리고 있었다. 그는 현관 쪽으로 향하다가 마구 파헤

쳐진 마당을 보고는 멈추어 섰다. 이윽고 그는 마당 한가운데

에 서서 깊은 생각에 잠긴 표정으로 이곳저곳을 훑어보았다.

누군가가 집 앞을 건드린 흔적이 역력함에도 불구하고 크게

동요하지 않는 모습이었다.

잠시 후, 그가 현관을 열고 안으로 들어서자 정우는 안심한

듯 숨을 크게 내쉬었다.

"어리석은 방법이었어."

지우가 그를 탓하며 말하자 그는 인정하는 듯 고개를 끄덕였다.

"차라리 그가 없는 낮에 집에 침입해보는 게 낫겠어."

다음날, 지우는 출근하자마자 은수의 자리를 쳐다보았다. 그녀는 무표정한 얼굴로 모니터만 뚫어지게 바라보고 있었다. 준서가 적극적이 되어갈수록 은수는 점점 말을 잃어가고 있었다. 지우가 자리에 앉으며 그녀를 홀끔 바라보자 그녀는 잠시 반가운 표정을 짓고는 다른 사람에게는 들리지 않게 조용히 소곤거렸다.

"같이 점심해요. 그 레스토랑에서."

지우는 미소를 지으며 고개를 끄덕였다. 그녀는 컴퓨터를 켜고 급한 업무부터 손을 대기 시작했다. 한참을 집중하고 있을 때, 사무실 문이 열렸다. 지우는 무의식적으로 누가 들어서는지 쳐다보았다. 준서가 말끔한 모습으로 사무실에 들어서는 것이 보였다. 출근을 이렇게 늦게 할 리는 없고, 아무래도 어딘가에 들렀다 오는 길이라고 짐작되었다. 지우는 그와 눈이 마주치자 가볍게 목례를 했다. 그는 그녀를 보며 희미하게 웃음 지었다. 그러나 이상하세노 그의 미소는 한기가 느껴질 만큼 서늘했다. 옷 속에서 소름이 돋는 느낌이었다. 문득 책상 위에 놓아둔 핸드폰이 요란하게 진동했다. 지우가 흠칫 놀라며 확인하니 정우의 문자메시지가 도착해있었다.

「방금 그의 집으로 들어왔어. 작은방의 창문을 미처 잠그지 않았더군.」

"지우 씨, 기분 좋은 메시지라도 왔어요? 얼굴에 화색이 도네."

사장실 문을 열던 준서가 지우를 보며 말했다. 그녀는 화들짝 놀라며 손사래를 쳤다.

"아, 아닙니다. 그냥 광고예요."

지우는 만일을 대비하는 마음으로 정우의 메시지를 삭제하고는 저도 모르게 한숨을 쉬었다. 그녀는 다 식은 커피를 물

대신 꿀꺽꿀꺽 마시고는 다시 모니터에 시선을 주었다.

점심시간이 되자 은수는 미련 없이 자리에서 일어나며 지우를 바라보았다. 지우는 그녀의 뒤를 따라 사무실을 나섰다. 은수는 맞은편 건물의 레스토랑에 자리 잡을 때까지 한마디도 하지 않았다. 이윽고 그녀는 음식을 주문하고 나자 이제야 안심이 된다는 듯 입을 열었다.

"저 사직하기로 했어요."

"아…… 아니, 왜?"

그녀의 입에서 의외의 말이 나오자 지우는 저도 모르게 말을 더듬었다. 그녀에게서 준서에 대한 정보를 듣지 못하게 될 것이 못내 아쉬웠기에 어떻게든 막아야 한다는 생각이 들었다.

"사장님에겐 말씀드렸어? 어제 같이 퇴근했잖아."

지우는 어제 일을 캐볼 겸 해서 걱정스런 눈빛으로 물었다.

"아뇨, 어젠 그냥……."

그녀는 잠시 어제 일을 생각하는 듯하더니 이내 괴로운 듯 미간을 찡그리며 고개를 돌렸다. 이윽고 주문한 음식이 나왔다. 그녀는 묵묵히 숟갈과 포크를 들고 스파게티를 먹기 시작했다. 숟가락에 면을 받치고 살살 돌려 입에 넣는 그 모습이 지극히 평온했다.

"어제 사장님이 알아듣기 힘든 말을 하더군요."

문득 은수가 소스가 묻은 입술을 닦으며 말했다.

"사장님 댁에 잠깐 들르기로 했는데, 글쎄 집 앞에 다다라서 차에서 내렸을 때 갑자기 휘파람을 부는 거예요. 그때처럼 멜로디를 알 수 없는, 음산한 소리에 또다시 오싹해지면서 소름이 돋았어요. 저는 참을 수 없어서 돌아서서 가려고 했죠. 그때 사장님이 붙잡으면서 미안하다고 하더군요. 무의식적으로 나온 거라고요. 그래서 결국 사장님을 따라 집안으로 들어가는 와중에 사장님이 혼잣말처럼 이렇게 중얼거렸어요. '어쩌면 기억을 못하는 게 다행인 것 같다'라고요."

지우는 숟가락을 내려놓고 멍하니 어제 본 광경을 떠올렸다. 비에 옷과 머리칼이 젖어도 상관하지 않은 채 가만히 서 있던 은수와 그녀를 잡고 뭔가 이야기하고 있던 준서의 모습이 그림처럼 눈앞에 그려졌다.

"그런데 이상하게 그 말을 듣는 순간 가슴이 타들어가는 것처럼 슬퍼졌어요. 이유도 모른 채. 그래서 더욱 괴로웠죠."

그녀는 고요하게 말했다. 고개를 숙인 그녀의 속눈썹이 젖어들고 있는 것이 보였다. 지우는 뭐라 할 말을 찾지 못하고 잠시 고민하다가 겨우 한 마디를 던졌다.

"그런데 말이야. 사직하는 건 좀 더 생각해봐. 너무 성급하게 결정한 것 같아. 사내의 소문 같은 건 신경 쓰지 말고."

"소문 때문이 아니에요."

그녀는 고개를 들어 지우를 똑바로 쳐다보며 말했다. 얼굴에는 굳은 결의가 느껴졌다.

"사장님이 좋아졌거든요."

"그럼 오히려 문제될 거 없잖아?"

지우가 다급하게 말했으나 그녀는 아무런 대답이 없었다. 결국 그녀는 접시를 다 비우지 못하고 허공만 바라보게 되었다. 지우는 뭔지 모를 죄책감에 차마 그녀를 똑바로 쳐다보지 못하고 고개를 숙였다. 그때 그녀가 다시금 입을 열었다.

"카페의 그 여자 알죠? 미스코리아처럼 부풀린 파마를 한 여직원이요. 그 여자와 제가 다를 게 뭘까요?"

그녀는 정말 궁금해 하는 표정으로 물었다. 굳이 생각하지 않으려 해도 카페의 여자가 준서의 관심을 끌기 위해 온갖 노력을 하는 모습이 떠올랐다.

"몰라서 물어? 은수 씨는 사장님의 마음을 갖고 있잖아."

지우의 말에 은수는 허탈한 표정으로 웃음을 보였다.

"그분의 마음은 어디까지가 진심일까요."

은수는 침착하게 말하고는 천천히 물을 마셨다. 오히려 당황한 것은 지우였다. 지우는 그녀에게서 그런 식의 말이 튀어나올 거라고는 미처 생각하지 못했더랬다.

어느덧 은수와 지우는 다시 사무실로 돌아가기 위해 밖으로 나왔다. 문득 지우는 은수가 이야기한 부풀린 파마를 한 카페 여직원이 보고 싶어졌다. 지우는 갑자기 카페라떼가 먹고 싶어졌다며 은수를 잡아끌고 카페로 들어섰다. 의기소침한 은수는 카운터에서 조금 떨어진 곳에 서 있었고 지우는 테이크아웃용으로 두 잔을 주문했다. 부풀린 파마의 여자는 커피를 만들면서 은수를 흘끔흘끔 쳐다보았다. 어제 준서와 함께 나타났던 것이 영 신경 쓰이는 모양이었다. 잠시 후, 주문한 음료가 나오자 은수는 연장자인 지우보다 먼저 그것을 받기 위해 다가왔다. 부풀린 머리의 여자는 웃으며 은수에게 음료를 건네었으나 그것은 은수의 손에 닿기도 전에 바닥에 떨어졌다. 일회용 잔이었음에도 커다란 마찰음을 내며 떨어졌고, 담겨 있던 뜨거운 음료는 은수의 옷에 고스란히 튀고 말았다.

"어머, 손님 죄송합니다. 다시 해드릴게요."

부풀린 머리의 여자는 은수에게 수건을 건넬 생각도 하지 않은 채 유유히 돌아서서 다시 카페라떼를 만들기 시작했다. 누가 봐도 무례한 행동이었다. 그러나 정작 당사자인 은수는 전혀 개의치 않는 듯 냅킨 몇 장을 들어 옷을 닦아내고는 지우를 보며 말했다.

"옷이 이렇게 돼서 먼저 들어가야겠네요. 전 안 마셔도 되니까 취소해주세요."

그녀는 담담하게 밖으로 나갔다. 지우는 그녀를 따라 나가려다 말고 카운터에서 음료 한 잔을 취소하며 유리벽 밖의 그녀를 바라보았다. 언제 나타났는지 준서가 다가와 그녀를 살피고 있었다. 이윽고 준서는 그녀의 어깨를 감싸고 사무실이 자리한 건물 쪽으로 향했다. 지우는 카페 여자가 사과의 뜻이라며 서비스로 준 커피 두 잔을 손에 든 채 묵묵히 맞은편 건물로 향했다. 이미 두 사람은 사무실에 도착했는지 엘리베이터는 5층에서 멈춰 있었다. 지우는 올라가기 버튼을 누를까 잠시 고민하다가 비상계단 쪽으로 걸음을 옮겼다. 지금 계단을 이용하면 준서와 은수의 은밀한 대화를 엿들을 기회가 또다시 생길 수도 있다는 기대 때문이었다. 최대한 소리를 내지 않으며 계단을 올라갔다. 역시나 4층과 5층 사이에서 소곤소곤하는 대화가 들렸다. 지우는 예전과 마찬가지로 몸을 감춘 채 귀를 기울였다.

"어쩌다 이랬어?"

"제가 실수한 거예요."

은수는 준서의 물음에 새침하게 대답하고 있었다.

"훗. 밖에서 이미 다 봤어. 그 카페 여자가 일부러 컵을 놓친 거야."

"알면서 왜 물어봐요?"

은수가 쏘아붙이는 데도 준서는 개의치 않는 듯 미소 짓고 있었다.

"그 여자 너무 무시하지 마세요. 한때는 그래도 관심 갖던 상대였잖아요."

"누가 그래?"

"소문이 자자하던데요."

"그 말을 믿는 거야?"

두 사람의 대화가 티격태격하는 연인들의 대화처럼 들려서 괜히 엿듣는 지우가 민망할 지경이었다. 지우는 그 자리를 피해야겠다는 생각에 3층으로 내려가 엘리베이터를 탔다. 5층에서 내려 사무실 문을 열어젖히는데, 주머니에 넣어둔 휴대폰의 진동이 울렸다. 정우의 문자메시지가 도착해 있었다.

「별 소득은 없다. 아무튼 저녁 때 너의 집으로 갈게.」

밤이 가까워지는 저녁, 정우는 지우의 집으로 들어서자마자 배고픔을 호소했다. 준서의 집을 뒤지느라 하루 종일 굶었다는 것이었다. 그는 라면에 찬밥까지 말아먹고 나서야 비로소 만족한 듯 사들고 온 소주병을 열었다.

"집안에 증거가 될 수 있을만한 건 아무것도 없었어. 어쩌면 준서는 손 하나 까딱하지 않고 깡패 친구가 아랫사람들을 데리고 해결했을지도 모르는 일이야."

그는 인상을 쓰며 소주를 넘겼다. 적당히 차려 입으면 그럴 듯해 보이는 그였지만 술을 마실 때면 30대 중반의 나이인 그가 중년이 훨씬 넘은 사람처럼 보였다. 그를 점점 궁지로 몰고 가는 건 그의 열등감일까 피해의식일까.

"그 은수라는 여자를 떠보듯 하면서 단서를 캐내봐."

정우는 아무렇지도 않게 은수에 대한 한 마디를 던지고는 남은 라면국물을 후루룩 마셨다. 지우는 그를 가만히 지켜보고 있다가 입을 열었다.

"그런데 혹시 무슨 흔적이라도 남긴 건 아니겠지? 준서는 보통 사람이 아니야."

"그럼, 보통 사람이 아니지. 그러니까 든든한 외가를 앞세워서 아버지의 재산을 모두 빼앗았겠지. 아버지는 지금 먼 이국 땅에서 홈리스가 되어 헤매고 있을지도 몰라. 자업자득이겠지만."

정우는 피곤하다며 바닥에 드러누웠다. 어느새 그는 코까지 골며 잠들었다. 준서의 집을 침입했었다는 긴장감은 전혀 느껴지지 않는 모습이었다. 지우는 빈 그릇을 대충 정리하고는 남은 소주를 병째로 마셨다. 알싸한 알코올이 속을 헤집는 것만 같았다.

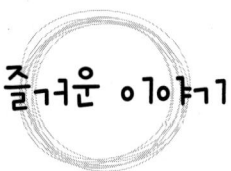

즐거운 이야기

크리스마스가 가까워져 오는 어느 날의 금요일이었다. 지우는 차가운 캔 커피를 손에 들고 복도를 서성이고 있었다. 추운 날씨임에도 불구하고 속이 불타는 것 같아 찬 음료를 마시지 않으면 견디기 힘든 상태였다. 도심의 거리는 크리스마스 분위기를 내느라 한껏 들떠 있었다. 지우는 창가에 기댄 채 넋 놓은 듯 바깥을 바라보고 있었다.

"추운데 안 들어가?"

화장실을 다녀오던 총무가 지우를 발견하고는 아는 체를 해왔다. 지우는 문득 신 사장이 떠올라 그녀에게 물었다.

"요즘도 신 사장 와이프 전화 오나요?"

"연락 안 온 지 며칠 됐어. 근데 이상하지. 속이 시원할 줄 알았는데 이젠 괜히 더 궁금해지는 거야. 신고는 했는지, 행방을 찾긴 찾았는지."

총무는 한숨을 쉬며 말했다. 그녀처럼 지우 또한 궁금해지기 시작했다. 왜 갑자기 연락이 뚝 끊긴 건지, 혹시 준서의 협박이 있었던 것은 아닌지. 생각은 꼬리에 꼬리를 물고 이어졌다.

"벌써 점심시간이네."

문득 총무가 휴대폰의 시간을 확인하며 말했다.

"오늘은 1층 식당에서 다 같이 점심 먹는 거 알지? 어서 가자."

점심 회식이라니 잘됐다 싶은 생각이 들었다. 지우는 순진한 아가씨처럼 총무를 따라 1층으로 내려갔다. 이윽고 다른 직원들도 1층 식당으로 내려오고 있는 것이 보였다. 지우는 총무와 함께 자리를 잡고 앉았다가 일부러 나서서 물을 따르는 척 정수기 쪽에서 서성이며 눈치를 보았다. 어느덧 준서와 영업 부장도 식당으로 내려왔다. 두 사람은 별다른 고민도 없이 출입문과 가장 가까운 테이블에 앉았다. 그 뒤로 은수가 들어서서 총무가 기다리고 있는 테이블로 향했다. 지우는 잠시 머뭇거리다 비슷한 또래의 여직원을 이끌고 준서의 맞은편에 앉았다. 별로 입맛이 없다는 준서는 비빔냉면을 후루룩 먹으면서 간간이 신문을 들춰보고 있었다.

"참, 부장님. 신 사장님 일 말인데요."

지우는 태연한 얼굴로 영업 부장에게 말을 건넸다. 일순간 영업 부장의 표정이 굳어졌다가 이내 어색한 미소를 지으며 그녀를 주시했다.

"아직도 행방을 모르는 건가요? 그렇다면 부인에게 경찰에 꼭 신고하라고 해야 되지 않나 싶어서요."

신문을 들춰보던 준서는 멈칫하고는 지우의 말에 귀를 기울이고 있었다. 굳이 고개를 들지 않아도 그가 집중하고 있다는 것을 알 수 있었다.

"글쎄. 그것은 그쪽 집안에서 알아서 해야지, 우리가 뭐라고 할 수 있는 일은 아닌 것 같군. 막말로 부부싸움이라도 해서 집을 나간 걸 수도 있으니까."

영업 부장은 그다지 우스울 것도 없는 이야기를 늘어놓고는 큰 소리로 웃었다. 준서는 신문을 접어놓고 다시 냉면을 먹기 시작했다. 그의 얼굴은 얼음장처럼 굳어 있었다. 지우는 흘끔흘끔 그의 눈치를 살피며 배를 채웠다.

"먼저 일어설 테니까 맛있게 먹고 들어와요."

준서는 어느덧 그릇을 다 비우고 일어나 카운터로 향했다. 그가 계산을 끝내고 밖으로 나가자 기다렸다는 듯 영업 부장도 일어나 그를 따라 나갔다. 지우는 밥을 먹는 둥 마는 둥 하며 그들을 주시했다. 답답한 듯 허리춤에 손을 올린 준서는 미간을 찡그린 채 영업 부장에게 뭔가 긴 이야기를 하고 있었다. 지우는 그들의 이야기를 엿듣고 싶은 마음이 간절해 숟가락을 내려놓고는 슬며시 밖으로 나갔다. 그러나 두 사람은 이미 그녀가 나오리라는 것을 예상하고 있었던 것처럼 자연스럽게 엘리베이터 쪽으로 향했다. 그녀는 엉거주춤 하며 따라갈까 망설이고 있었다.

"지우 씨, 지금 올라갈 겁니까?"

문득 준서가 엘리베이터 앞에 서서 지우를 돌아보며 물었다.

"아 네, 일이 좀 급해서요."

지우는 어색하게 대답하면서 그들과 함께 엘리베이터에 올랐다. 대화를 하기엔 짧고, 그냥 가기엔 긴 시간이 지나고 마침내 5층에서 문이 열렸다. 준서는 여자인 지우에게 먼저 내리라고 양보하면서 영업 부장에게 슬며시 말을 건넸다.

"그럼 차 한 잔 하고 출발하자고."

"알았어."

지우는 두 사람의 짧은 대화를 못 들은 척 자리에 앉았다. 정말로 급하게 끝낼 일이 있는 것처럼 소리 내어 키보드를 두드리기 시작했다. 두 사람은 나란히 사장실로 들어갔다. 지우는 정우에게 속히 회사 건물의 주차장으로 와서 대기하라는 메시지를 보내고 안도의 숨을 내쉬었다.

"왜 먼저 올라갔어? 자기 카페라떼 좋아하지?"

문득 언제 올라왔는지 총무가 지우의 자리로 다가와 책상 위에 커피를 내려놓았다. 지우는 고맙다는 인사를 전하며 그 것을 집어 들었다. 달콤한 향이 코를 스치자 복잡한 생각으로 꼬여 있던 속이 조금 풀리는 것 같았다. 플라스틱 뚜껑을 열고 그것을 한 모금 마시는데 긴 코트를 걸쳐 입은 준서가 사장실에서 나왔다. 그는 출입문 쪽으로 향하면서 은수를 보며 슬쩍 미소를 지었다. 지우는 은수의 반응이 궁금해 재빨리 고개를 돌려 그녀를 바라보았다. 그녀는 붉게 달아오른 얼굴로 커피 잔을 손에 든 채 고개를 푹 숙이고 있었다. 뭔가 웃음이 나는 상황이었다.

오후가 다 지나가는 동안 지우는 정우의 상황이 궁금하여 다른 것에 집중하기가 어려웠다. 그녀는 인터넷 사이트 이곳저곳을 돌아다니며 총무가 건네준 커피를 홀짝이고 있었다. 사무실은 매우 고요했다. 유달리 외부에서 전화 한 통 걸려오지 않는 날이었다.

창밖에는 어느덧 가는 눈발이 날리고 있었다. 나이 어린 여직원들 몇 명이 눈이 오는 걸 발견하고는 마치 강아지처럼 창가로 몰려갔다. 지우는 그들을 지켜보다가 무의식적으로 은수쪽을 바라보았다. 그녀 역시 일에 집중하기 어려운지 멍한 표정으로 휴대폰을 만지작거리고 있었다. 지우가 잠시 바람 좀쐬자고 말하기 위해 그녀에게 다가가는데 문득 휴대폰의 진동이 울렸다. 정우의 전화였다. 기다렸던 전화가 오자 그녀는 급하게 복도로 나가서 전화를 받았다.

"어떻게 됐어?"

다급하게 물었으나 막상 전화를 건 정우는 말이 없었다. 혹시나 통화 연결에 문제가 생겼나 싶어 '여보세요?'하고 몇 번을반복하자 그제야 그가 말했다.

"여차하면 놓칠 뻔 했는데 어쨌든 간신히 뒤따를 수 있었어."

그는 은밀하게 이야기하기 시작했다. 주변이 적막한 걸 보니 주차해놓은 차 안에서 전화를 하는 중인 듯했다.

　정우가 사무실 근처에 다다랐을 때 막 지하주차장에서 빠져 나오는 준서의 차가 보였다. 그는 준서가 눈치 채지 않게 적당한 간격을 유지하면서 뒤를 따랐다. 한참을 달리던 준서의 차는 도심을 벗어난 변두리의 어느 지점에서 멈추었다. 평수 좁은 아파트만 가득한 동네였다. 준서와 영업 부장은 길가에 차를 세워두고 어느 아담한 건물 안으로 들어섰다. 정우역시 눈에 띄지 않는 곳에 차를 세운 후, 재빨리 그들의 뒤를 밟았다. 그들은 계단을 올라가 2층으로 향했다. 이윽고 오른쪽에 위치한 룸의 문을 열고 두 사람이 사라졌다. 낡은 건물이어서 그런지 출입문도 빛바랜 나무였고 창문은 낮은 편이었다. 정우는 들키지 않게 최대한 조심하면서 그곳으로 향했다. 얼마나 긴장이 되는지 식은땀이 뚝뚝 떨어지고 있었다. 적당히 몸을 수그린 채 창문으로 안을 들여다보았다. 안은 비교적 넓은 편이었다. 그곳엔 옛날 사무실에서나 사용했을 법한 좁고 낮은 책상 두세 개가 놓여 있었고, 때가 많이 탄 가죽 소파가 덩그러니 놓여 있었다. 준서는 그 소파에 앉아 있었다. 영업 부장은 가장 상단에 위치해 있는 책상에 앉아 서류뭉치를 들여다보고 있었다. 아무래도 그곳은 영업 부장이 사채업을 한다는 사무실이라 짐작되었다.

문득 서류를 들여다보던 영업 부장이 양쪽으로 늘어선 채 대기하고 있던 예닐곱의 아랫사람들에게 뭔가를 지시했다. 소리는 들리지 않았으나 입모양으로 봐서 뭔가를 가져오라는 것 같았다. 그의 말이 끝나기가 무섭게 덩치 두 명이 구석 쪽으로 걸어갔다. 두 사람은 눈에 띄지 않는 쪽문 안쪽으로 사라졌다가 곧 젊은 여자 한 명과 함께 나왔다. 여자는 놀랍게도 준서의 사무실 맞은편 카페의 여자였다. 여전히 한껏 부풀려진 파마머리가 흉하게 엉켜 있었다. 여자는 준서를 보자마자 울음을 터뜨리며 그의 팔을 붙들었다. 스르르 무너지듯 주저앉으며 그의 무릎에 매달려 울기 시작했다. 어찌된 영문인지 알 수 없는 상황이었다. 그때, 정우의 휴대폰이 요란한 소리를 내며 전화가 왔음을 알렸다. 미처 전원을 꺼두지 못했기 때문에 벌어진 일이었다. 그는 들킬 새라 급하게 건물을 빠져나가 정신없이 차 있는 곳으로 달렸다. 간신히 차를 몰고 멀어지며 바라보자 이제 막 덩치들이 달려 나와 정우의 모습을 찾는 중이었다.

"지금 간신히 집 근처에 왔다. 하도 진을 뺐더니 정신이 하나도 없고 멀미가 다 날 지경이다."

그는 피로가 가득 담긴 목소리로 말했다. 육체적인 피로가 아닌 정신적인 피로가 상당했을 것이리라.

"어쨌든 난 이만 쉬어야겠으니 나중에 얘기하자. 월요일에 출근하면 그 카페 여자한테 정보를 캐봐."

정우와의 통화가 끝난 후에도 지우는 한동안 그 자리에 얼어붙은 듯 움직일 수 없었다. 추위 때문인지, 정우에게서 들은 내용이 오싹했기 때문인지 온몸에 한기가 돌고 있었다. 마치 가위에 눌리는 사람처럼 꼼짝하지 못한 채, 카페 여자가 준서를 붙잡고 우는 광경을 떠올리고 또 떠올렸다. 대체 어찌된 영문일까. 아무리 생각해도 답은 나오지 않았다.

지우는 퇴근한 이후에도, 그리고 다음날 주말에도 계속해서 알 수 없는 찜찜함과 불안함을 느꼈다. 마치 주변인과 관련된 무서운 괴담을 들은 후에 그 일이 자신에게도 닥칠까 불안한 상황과 흡사했다. 지우는 하루 종일 음식도 제대로 삼키지 못한 채 방 안을 서성이다가 결국 코트를 챙겨 입고 집을 나섰다. 출근하지 않는 주말이지만 카페 여자를 당장 만나봐야 마음이 안정될 것 같았기 때문이었다. 버스도 전철도 기다릴 수가 없어 택시를 잡아타고 회사 앞으로 향했다.

택시에서 내려 바로 카페 안으로 들어섰다. 자리에 앉아 토스트와 에스프레소를 주문한 후, 잠시 카운터 쪽을 응시했다. 부풀린 파마머리의 여자가 보이면 친근한 척 말을 걸고 잠깐 말벗이 되어달라고 부탁할 생각에서였다. 그런데 한참을 살펴보았으나 카페 어디에서도 그녀의 모습은 보이지 않았다. 지우는 토스트엔 입도 대지 않은 채 카운터로 향했다. 머리를 말아 올린 여자가 혼자서 분주하게 움직이고 있었다.

"뭣 좀 여쭤볼게요."

지우가 말을 건네자 여자는 잔을 정리하다 말고 그녀에게 다가오며 웃어 보였다. 친절함이 몸에 배어 있는 모습이었다.

"항상 같이 일하시던 분 오늘 안 나오셨나요?"

"긴 파마머리의 여직원 말씀이시죠? 그 친구 그만뒀어요."

지우는 예상치 못했던 여자의 말에 놀라움을 금치 못하고 다시 물었다.

"아니 왜요? 왜 갑자기 그만둔 거죠?"

지우가 지나치게 놀란다 싶었는지 여자는 약간 경계하는 눈빛이 되었다.

"그거야 저도 몰라요. 어제 낮에 근무하다가 갑자기 사라지더니 오늘 아침엔 문자 한 통 왔네요. 오늘부로 그만둔다고요. 일 년 넘게 일한 직원이 그런 식으로 그만 두는 건 참 예의 없죠. 덕분에 저만 고생하고 있고요."

여자는 괘씸해하는 표정이었다. 파마머리의 여자가 갑자기 그만두게 되면서 두 사람 몫의 일을 해야 하는 것이 불만인 모양이었다. 지우는 말씀 감사하다는 인사를 전한 후 다시 자리로 돌아와 앉았다. 가슴이 심하게 뛰고 있었다. 진정을 하기 위해 커피 잔을 집어 드는데 손이 심하게 떨려 커피가 쏟아졌다. 지우는 잔을 다시 내려놓고 의자에 깊숙이 기대었다. 정우에게서 들었던 말들이 귓가에 아른거렸다. 쪽방에서 나오던 여자, 울면서 준서에게 매달리던 그 여자……. 그녀 역시 신사장처럼 실종된 것이 틀림없었다.

K는 낡은 가죽소파에 앉아 있었다. 군데군데 담뱃재로 인해 탄 흔적이 있는 싸구려 소파였다. 그는 자신이 겨우 이런 곳에 앉아서 스타일을 구겨야 하는 상황이 불만스러웠다. 며칠 전 맞춰 입은 고가의 슈트가 망가질까 조심스러웠다. K의 사채업자 친구는 자신의 자리에 앉아서 장부를 확인하고 있었다. 지난달 보다 수금액이 떨어져 있었다. 직원들이 제대로 일하는 것 같지 않아 신경이 쓰였다. 언제 한번쯤 군기를 잡아야 한다고 생각했다. 그의 책상 양 옆으로 늘어서 서 있는 덩치들은 자신의 고용주보다 그의 친구인 K가 더욱 두려웠다. 그들은 가끔 술자리에서 K에 대한 이야기를 하곤 했다. 그의 배경에 대해

익히 알고 있는 그들은 간혹 그에 대한 과장된 이야기를 늘어놓으며 부러움을 표시하곤 했다.

"야, 그 파마머리 끌고 나와 봐."

문득 K의 친구가 덩치들에게 지시했다. 이윽고 쪽방에서 덩치 두 명에게 이끌린 채 한 여자가 나타났다. 오버와 허영이 심한 걸 제외하면 지극히 평범한 여자였다. 여자는 K를 발견하자 울음을 터뜨렸다. 자신의 생사가 그에게 달려 있다고 판단한 여자는 그의 무릎에 얼굴을 묻고 울었다. 제발 살려달라고 애원했다. 그러나 K는 여자 따위는 신경 쓰지 않았다. 차마 여자를 밀어내지는 못했으나, 그녀의 눈물로 슈트가 지저분해질까봐 여간 고민되는 게 아니었다.

"그만 하지?"

참다못한 K가 여자를 내려다보며 한 마디 했다. 눈치 빠른 덩치들 중 하나가 재빨리 여자를 그에게서 떼어냈다.

"먼저 일어나야겠군. 그럼 수고들 해."

K는 소파에서 일어나 슈트를 툭툭 털며 말했다.

"같이 나가지."

사채업자 친구 또한 그를 따라 사무실을 나섰다. 언제나 그림자처럼 그에게 붙어 다니는 친구였던 것이다.

두 사람은 고가의 음식점에 들러서 고기와 술을 주문했다. 노릇노릇하게 익어가는 고기를 뒤집으며 술을 시작하려는데 사채업자 친구가 물어 왔다.

"어떻게 하는 게 좋을까?"

K는 이제 막 익은 고기 한 점을 입에 넣고 기분 좋게 씹어 삼켰다. 그리고는 술잔을 들며 간단히 대답했다.

"죽여."

그의 말이 떨어지기가 무섭게 사채업자 친구는 휴대폰을 꺼내 자신의 사무실로 전화를 걸었다. 파마머리 여자를 해치우라고 지시한 후, 고기를 먹어치우기 시작했다. K는 그런 친구를 바라보며 잠시 여자를 떠올렸다. 섹시하고 애교 많은 여자였다. 잠깐 만나기엔 더 없이 좋은 상대였다. 그러나 자신의 가치에 비해 바라는 게 너무 많은 것이 흠이었다. 이상한 소문을 내고 그것이 L의 귀에 들어가게 한 것은 그녀의 가장 큰 실수였다.

지우는 주말 내내 카페 여자에게 신경을 써서 그런지 월요일 아침부터 지각을 하고 말았다. 무안함을 느끼며 슬며시 자리에 앉는데 맞은편 은수의 자리가 비어 있는 것이 보였다. 가방조차 없는 걸 봐서 아직 출근 전인 듯했다.

"은수 씨는 아직 안 왔어?"

지우는 옆자리 직원에게 물었다.

"은수 씨 그만뒀어요. 금요일이 마지막 근무였나 봐요."

직원의 말에 지우는 깜짝 놀라 언성이 커졌다.

"아니 갑자기 무슨 소리야?"

"저도 오늘 알았어요. 일부러 조용히 나가고 싶어 했나 봐요. 그래도 친하게 지내던 사람인데 조금 섭섭하긴 하네요."

지우는 허탈함을 느끼며 숨을 내쉬었다. 얼마 전, 점심을 먹으며 지나가듯 그만둘 생각이라는 말을 한 것이 진심이라고는 생각하지 못했던 게 불찰이었다. 준서에 대한 정보를 얻을 수 있는 기회가 사라진다고 생각하자 은수에게 배신감마저 느껴지고 있었다.

"같이 커피 한잔 하자."

문득 총무가 다가와 지우의 어깨를 짚으며 말했다. 지우는 고개를 끄덕이고는 그녀를 따라 복도로 나왔다. 이미 지우의 취향을 알고 있는 총무는 차가운 캔 커피를 뽑아서 건넸다.

"가깝게 지내던 사람인데 이렇게 그만두니까 섭섭하지?"

"아뇨, 오히려 미안하네요. 언젠가 그만둘 것 같다는 말을 하긴 했는데 대수롭지 않게 넘겼거든요. 그때 이미 많은 고민을 하고 있었을 텐데 들어주지 못했던 게 참 마음에 걸려요."

지우는 과장되게 선한 표정을 지으며 말했다. 총무는 가까이 다가와 그녀의 어깨를 두드렸다.

"아마 소문 때문에 힘들었나 봐. 다행히 맡았던 업무는 다 마무리 된 상황이어서 인수인계도 필요 없었고, 사직하기로 한 건 사장님하고 편집장님만 알고 있었어."

고용주인 준서가 직원이 그만두는 걸 모를 리가 없었겠지만 그럼에도 불구하고 뭔가 꿍꿍이가 있다는 생각이 머릿속에 가득해졌다. 카페 여자는 실종되고, 은수는 그만두었다니. 자꾸만 불길한 예감이 들었다.

며칠이 지나도록 지우는 혼란스런 마음이 진정되지 않았다. 불안함을 어찌 하지 못하고 매일 저녁 정우를 만났지만, 그 역시 별다른 생각 없이 그저 술만 마셨다. 술에 취하면 광인처럼 웃으며 마지막 작전을 실행해야 한다는 말만 반복했다.

그날도 역시 싱숭생숭한 기분에 업무에 집중하지 못하고 웹 서핑을 하고 있었다. 편집장이 조용히 다가와 귓가에 속삭이듯 말했다.

"대표님이 찾아요. 지금 바로 들어가 봐요."

지우는 준서가 찾는다는 말을 듣자마자 왠지 모를 두려움이 느껴졌다. 그것은 그가 살인자일지도 모른다는 생각 때문이 아닌 뭔가 원초적인 두려움이었다. 지우는 가까스로 자리에서 일어나 천천히 그의 방으로 향했다. 마치 죽으러 가는 사람처럼 발걸음이 무거웠다. 지우는 떨리는 손으로 노크를 하고는 안으로 들어섰다.

"앉아요."

소파에 앉아 다리를 꼬고 있던 준서는 지우에게 맞은편 자리를 권했다. 지우는 쭈뼛쭈뼛 자리에 앉아 차마 그를 똑바로 보지 못하고 고개를 숙였다. 그는 잠시 손가락을 까딱거리며 숨을 길게 내리쉬고는 이윽고 조용히 입을 열었다.

"현지우 씨."

지우는 담임선생님에게 혼나는 학생처럼 물끄러미 고개를 들었다.

"요즘 연애라도 해요?"

"왜 그런 걸 물어보시죠?"

지우는 그의 빈정거리는 듯한 질문에 발끈하며 반문했다.

"지우 씨는 상황 판단이 그렇게 안 되나요? 고용주인 내가 이런 자리에서 그런 질문을 하는 건 그만큼 지우 씨의 근무 태도가 불성실했다는 것을 나타내는 거죠. 희롱이라도 당하는 것 같아서 알량한 자존심에 발끈한 건가요?"

그는 웃음기 전혀 없는 차가운 얼굴로 조목조목 말했다. 그의 말에 지우는 참을 수 없는 치욕을 느꼈다. 허나 뭐라고 대꾸할 말이 없어 그에게서 고개를 돌린 채 허공만 쏘아보고 있었다.

"지난 몇 개월 동안 지우 씨는 업무에 집중하는 시간보다 웹서핑을 하는 시간, 전화 통화를 하는 시간, 복도에서 딴청 피우는 시간이 더 많았다고 해도 과언이 아니에요. 편집장님은 다른 직원들의 사기를 위해서라도 지우 씨 같은 직원은 해고하는 게 나을 거라는 의견을 내더군요."

눈치 빠른 그였으나 그동안 자신의 일거수일투족을 그렇게 꼼꼼히 체크하고 있을 거라고는 상상하지 못했다. 지우는 그저 자신이 정우와 함께 꾸미는 일을 들키지 않기 위해서만 애써왔을 뿐, 근무태만으로 지적을 당하게 될 일을 예방하지는 못했던 것이다. 참담함이 느껴졌으나 그의 말이 대부분 사실이었기에 차마 반박할 수조차 없었다. 지우는 부르르 떨리는 손을 꼭 쥐고 간신히 굴욕적인 상황을 참아내고 있었다.

"허나 나는 일단 지우 씨에게 한 번 더 기회를 주려고 합니다. 실업자 수가 백만 명이 넘는 상황을 감안해서 말이지요."

"사장님!"

지우는 더 이상 참지 못하고 그를 똑바로 쳐다보았다.

"차라리 해고하세요. 이런 식의 모욕은 참을 수 없군요."

지우의 한쪽 눈에서 눈물이 주르륵 흘렀다. 그러나 여전히 준서의 얼굴은 냉랭했다.

"왜 우는 거죠? 은수가 당신에게 말도 없이 그만두었기 때문 인가요, 아니면 막상 말은 꺼냈지만 진짜로 해고당할까봐 두렵 기 때문인가요?"

그의 말에 지우의 등줄기를 타고 한기가 지나갔다. 그것이 결코 그냥 튀어나온 말이 아닐 것 같기 때문이었다. 그는 어쩌 면 자신이 꾸미고 있는 일이 무엇인지 정확히 알고 있을지도 모른다는 생각이 들자 그에 대한 두려움은 더욱 커졌다.

"끝까지 그런 식으로 말씀하시는군요. 알겠습니다. 저 오늘 부로 퇴사하겠습니다."

지우는 떨리는 목소리를 간신히 수습하면서 겨우겨우 말을 마쳤다. 그는 올 것이 왔다는 듯 지우를 쳐다보며 피식 웃었다. 지우는 더 이상 그와 마주하고 있기가 어려워서 도망치듯 방을 빠져나왔다. 그녀가 눈물을 훔치며 밖으로 나오자 직원들이 놀란 눈이 되어 그녀를 주시했으나 그녀는 개의치 않고 개인물품을 가방에 챙겨 넣었다. 컴퓨터를 끌 생각도 하지 못한 채 급하게 사무실을 나왔다.

"지우 씨, 지우 씨 잠깐만!"

어서 벗어나고픈 마음에 엘리베이터를 기다릴 새도 없이 계단을 뛰어 내려가는데 뒤에서 총무가 따라오며 그녀를 불렀다.

"이게 무슨 일이야? 이대로 그만두는 거야?"

총무는 걱정스럽게 지우를 바라보며 물었다.

"네. 해고당하는 거나 거의 마찬가지예요. 근무태도 불량이라니 별 수 없죠."

지우는 마음 넓은 총무에게 준서를 비난하듯 말했다. 그녀는 이해한다는 듯 고개를 끄덕였다. 그러나 그녀가 이해하는 건 지우가 아닌 준서였다.

"그렇구나. 사장님 예민하고 치밀한 사람인데 지우 씨의 행동을 놓쳤을 리가 없지. 그래서 내가 얘기라도 해주고 싶었는데 말이야……."

그녀마저 자신의 잘못을 지적하자 지우는 부끄럽고 수치스러운 마음에 얼굴이 화끈거렸다. 지우는 그만 나가보겠다고 인사를 전하고는 다시금 빠른 속도로 계단을 내려가기 시작했다. 지적당할 일을 하지 않았다면 없었을 상황이었지만 은수가 사직한 직후에 근무태도를 지적하는 것은 뭔가 다른 속내가 있을 것이라는 생각이 거듭 떠올랐다. 지우는 답답한 마음에 맞은편 카페로 들어와 아이스커피를 주문했다. 지난 시간들에 대한 후회와 아쉬움이 물밀듯 커졌다. 이제 어떤 식으로 그에 대한 정보를 캐내고 단서를 찾아야 할지 알 수 없었다. 그렇게 박차고 사무실을 나오는 것이 아니라 일단은 굽히고 들어가 앞으로 열심히 하겠다며 계속 근무를 했어야 옳았던 걸까 하는 생각도 들었다. 순간 치솟는 분을 삭이지 못해 일을 망쳤다는 자책에 속은 더욱 타기만 했다. 지우는 직원에게 얼음물을 부탁해 연거푸 마셔 댔다. 창가에 앉아 멍하니 사무실 쪽을 올려다보았다. 그녀는 초조하게 휴대폰을 만지작거리며 정우에게 상의를 해야 할지, 은수에게 뭔가 물어야 할지 고민하기 시작했다.

그때, 카페 문이 열리고 놀랍게도 은수가 안으로 들어왔다.

"은수 씨."

지우는 깜짝 놀란 채 그녀를 불렀다. 그녀는 지우를 발견하고는 웃으며 다가왔다. 미안함도, 당황함도 전혀 없는 매우 자연스러운 태도였다.

"말도 없이 갑작스럽게 그만두고 섭섭했어."

지우는 실망했다는 표정을 지으며 말했으나 그녀는 개의치 않는 듯 여전히 웃고 있었다.

"갑자기 그렇게 되었네요. 급하게 할 일이 생겨서요."

"그 할 일이란 게 뭔데?"

은수는 종업원에게 아메리카노를 주문하고는 대답했다.

"그냥 개인적인 일이에요."

그녀는 이유를 알 수 없이 수줍은 표정이 되며 웃었다. 급하게 할 일이라는 게 정확히 어떤 것인지는 말하고 싶지 않은 것 같았다. 돌이켜 보면 그녀는 지우에게 모든 것을 이야기하는 것처럼 굴면서도 정작 자기 자신에 대한 이야기는 숨기는 편이었다. 새삼스럽게 그녀에 대해 깨닫고 나니 뭔가 허전해지는 느낌이 들었다. 지금껏 그녀에게 신뢰를 얻고 있다고 생각하고 있었던 것도 단지 착각일 뿐일지도 모른다.

"그런데 선배는 이 시간에 왜 여기에 있는 거죠? 근무시간 아닌가요?"

"그렇게 됐어."

그녀 앞에서 조금 전의 일을 설명하기에는 자존심이 상해 얼버무리듯 말했다. 그때 그녀가 휴대폰을 꺼내 메시지를 확인하고는 가방을 챙겨들며 자리에서 일어났다.

"전 먼저 나가봐야겠어요. 반가웠어요. 선배."

그녀는 여전히 웃는 얼굴로 인사를 건네었다. 그러나 그녀는 이상하게도 낯선 사람처럼 차갑게 느껴졌다. 카페를 나가며 마지막으로 지우를 돌아본 그녀의 얼굴은 딱딱하게 굳어져 있었다. 지금껏 한 번도 본 적 없는 얼음장 같은 모습이었다. 유리벽 밖을 내다보니, 카페 앞으로 준서의 차가 멈추었다. 당연하게도 은수는 조수석에 올랐고, 두 사람은 지우의 시야에서 멀어져 갔다. 은수의 차가운 얼굴이 잊혀지지 않고 자꾸만 떠올랐다. 어쩌면 그녀는 자신이 알던 것과 전혀 다른 사람인지도 모른다는 생각이 들었다. 카페 여자를 죽게 만들고 이제 편하게 은수와 함께 다니는 준서를 보니 뭔지 모를 울분이 치솟았다. 지우는 견딜 수 없을 만큼의 답답함을 느끼며 정우에게 전화를 걸었다.

"지금 이곳으로 좀 와줘."

「나 지금 너의 집 쪽에 있어. 집에서 만나면 어때?」

정우의 말에 지우는 히스테리를 부리는 여자처럼 날카롭게 소리쳤다.

"빨리 와, 이곳으로 당장 오라고!"

정우는 뭔가 상황이 심각함을 눈치 챘는지 알았다는 말만

하고 전화를 끊었다. 지우는 구석 쪽으로 자리를 옮긴 후 초
조하게 정우를 기다렸다. 얼음물을 여러 번 마셨더니 한기가
올랐다. 그녀는 다시 따뜻한 카페라떼를 주문하고는 뜨거운
컵을 두 손에 가득 쥐었다. 불안한 마음을 진정시키기 위해
눈을 감고 마음을 가다듬고 있을 때 마침내 정우가 나타났다.
그는 깃을 세운 롱코트를 입고 이발을 해서 짧아진 머리를 하
고 있었다.

"무슨 일이야? 감정기복 거의 없는 네가 소리치는 건 처음
보는 것 같다."

그는 자리에 앉자마자 지우에게 물으며 담배를 꺼냈다.

"오늘부로 준서의 회사에서 퇴직했어."

"뭐? 의논도 없이 그만두면 어떡해."

정우는 다급하게 말했다. 그만둔 이유에 대한 건 궁금하지
않은 모양이었다. 지우는 여전히 뜨거운 잔을 감싸 쥔 채 조
용히 말했다.

"그게 문제가 아냐. 준서가 뭔가 아는 눈치야."

"하긴. 그렇게 주변을 맴돌았는데 모르는 게 이상하지."

정우는 담배 연기를 내뿜고는 태연하게 대꾸했다.

"지금 그게 할 소리야? 그럼 이제 어쩔 건데?"

지우는 또다시 신경질적인 반응을 보였다. 정우는 묵묵히 종업원이 가져다 준 탄산음료를 마시며 주변을 둘러보았다.

"날씨도 추운데 찌개에 소주나 마시러 가자."

그는 자리에서 일어나며 말했다. 지우는 그가 이렇게 태연하게 나오는 걸 보니 뭔가 믿는 구석이 있을 거라는 생각이 들어 안심이 되었다. 지우는 더 이상 히스테리를 부리지 않고 묵묵히 그를 따라 밖으로 나갔다. 일단 가장 가까운 곳에 위치해 있으면서도 조금 전까지 같은 회사 직원이었던 사람들과 마주칠 가능성이 희박한 곳을 정해 들어갔다. 눅눅하고 낙후된 분위기의 술집이었다. 정우는 배가 고팠던 듯 재빨리 주문을 하고는 소주병부터 땄다.

"이제 그냥 맞서는 수밖에 없어. 준서를 만나서 이야기하자. 파마머리 여자가 실종되기 전에 함께 있는 걸 봤다고."

그는 안주가 나오기도 전에 거의 한 병을 다 비웠다. 이윽고 찌개가 나오자 그는 소주를 더 주문하고는 배를 채우기 시작했다. 지우는 곰곰이 생각에 잠겼다. 준서가 어느 정도 눈치를 챈 것이 사실이라면 더 이상의 어떤 방법도 없는 것 또한 사실이었다. 그러나 막무가내로 준서와 맞선다고 해서 과연 원하는 방향으로 일이 흘러갈 수 있을지는 모르는 것이었다. 무의식적으로 한숨이 새어 나왔다. 지우는 담배를 피우고 또 피웠다. 아무리 고민해 봐도 어떠한 묘안도 떠오르지 않았다.

"일단 나 혼자 만나볼게. 너는 기다리고 있어."

지우는 씁쓸하게 말하고는 술잔을 비웠다. 정우와 함께 준서를 만나서 협박조로 이야기하는 것은 별다른 도움이 되지 않을 거란 판단이 들었다. 정우와 함께 나타나는 건 그에게 더욱 반감을 사게 만드는 일일 것이다. 준서와 직접 부딪혀야겠다고 결심한 순간부터 가슴이 심하게 두근거리기 시작했다. 당장 그를 만나는 것도 아닌데 오금이 저릴 정도로 긴장이 심해졌다. 지우는 연거푸 술잔을 비웠다. 어찌 되었든 한 번은

닥칠 일이라고 생각하며 스스로를 달래었다.

"그럼 나는 근처에 있을 테니까 무슨 일 있을 것 같으면 바로 전화해."

정우는 지우의 제안이 만족스러운 듯 계속해서 배를 채우기 바빴다. 지우 역시 허기진 상태였지만 차마 음식물이 넘어가질 않아 연거푸 술만 마셨다. 왠지 모르게 우울함에 빠져들고 있었다. 차라리 취하고 싶어 아예 술을 물처럼 마셔 댔다.

황홀한 만남

다음날, 지우는 정오가 다 되어가는 시간에 겨우 눈을 떴
다. 이미 술집이 아닌 자신의 방에 누워 있었고, 옆에는 정우
가 자고 있었다. 속을 칼로 긁어내는 듯 쓰려 왔다. 지우는 정
우를 깨워서 대충 라면을 끓여 해장을 하고는 밖으로 나왔다.
거리에는 함박눈이 쏟아지고 있었다. 새벽부터 내린 듯 제법
두껍게 쌓여 있었다.

"너는 어제 그 술집에 가 있어. 난 카페에서 준서를 불러낼
테니까."

회사 앞에 도착한 지우는 정우와 헤어져 카페로 들어왔다. 무의식중에 파마머리의 여자를 찾았으나 당연하게도 그녀는 보이지 않았다. 지우는 쓸쓸한 미소를 지으며 휴대폰을 꺼내 회사의 번호를 눌렀다. 총무와 몇 마디의 인사를 나누고 나자 준서가 연결되었다. 그녀는 잠시 심호흡을 하고 말을 꺼냈다.

"드릴 말씀이 있으니까 카페로 나오시죠."

"그러죠."

준서는 간단하게 대답하고는 전화를 끊었다. 준서는 1분도 채 되지 않아 모습을 나타냈다. 그와 지우는 에스프레소를 주문하고는 구석진 자리에 앉았다.

"용건이 뭐죠? 다시 출근하겠다는 얘기는 아닐 테고."

막상 그를 마주하니 수없이 반복하며 되뇌었던 말이 아무것도 생각나지 않았다. 지우는 긴장을 풀기 위해 에스프레소를 단숨에 삼켜 버렸다. 쓸쓸함이 가슴을 가득 채웠다. 그녀는 주먹을 꼭 쥔 채 그를 바라보았다.

"다 알고 있습니다."

"뭘 말이죠?"

준서는 흥미롭다는 표정으로 웃고 있었다. 어디 어떤 말로 나를 잡으려 하는지 들어보자 하는 듯한 여유로운 모습이었다.

"신 사장의 실종에도, 이 카페의 직원이었던 여자의 실종에도 사장님이 관련 되어 있다는 것을 말이지요."

지우는 마치 대사를 외우듯 다급하게 말을 꺼냈다. 그는 묵묵히 생각에 잠긴 표정이 되어 고개를 숙였다. 지우는 언제나 당당할 것 같던 그가 수그리는 모습을 보자 긴장이 풀리고 없던 용기까지 생기고 있었다.

"어떠한 증거도 포착하진 못했지만, 신 사장이 마지막으로 만난 건 사장님이었죠. 그리고 카페 여자가 사채업자에게 붙잡혀 있던 현장에도 사장님이 있었어요. 이것은 목격한 사람이 있습니다. 발뺌하지 마십시오. 사장님과 말이 통하지 않으면 당장 경찰서로 달려갈 테니까요."

지우는 처음과는 다르게 당당하게 말을 끝냈다. 준서는 잠시 멍한 표정으로 지우를 쳐다보았다. 어떻게 수습해야 할지 고민하는 듯했다. 한동안 말이 없던 그는 묵묵히 커피 잔을 비우고 맥주를 주문했다. 지우는 그에게도 생각할 시간을 줘야 할 것 같아 그가 맥주를 다 마실 때까지 재촉하지 않고 기다렸다. 이윽고 그는 거품마저 남기지 않고 맥주병을 깨끗이 비운 후, 그녀를 보았다.

"지우 씨."

그는 은근한 목소리로 지우를 불렀다.

"내 말 잘 들어 봐요. 얼마 전에 나는 집을 비운 적이 있었어요. 그저 밤에 잠깐 차를 몰고 나갔다 돌아온 것뿐인데 차를 주차해놓고 보니, 누군가가 내 앞마당을 죄다 헤집어 놓았더군요. 순간 예전부터 끊임없이 내 집을 노리던 그자들의 짓이구나 싶었습니다. 그래서 미끼를 던졌죠. 그자들은 앞마당을 파헤친 후, 다음날이면 집 안을 노릴 것이 뻔했기 때문에 일부러 작은방의 창을 잠그지 않고 출근을 했어요. 그리고 퇴근하고 집에 돌아와서 확인을 했죠. 뭘 확인했냐고요? 집 곳곳에 설치해둔 카메라를 확인한 거죠. 역시 예상했던 그자가 맞더군요."

그는 무표정한 얼굴로 조용히 말했다. 지우의 온몸에서 소름이 돋고 있었다. 그는 이렇게도, 이렇게 생각 이상으로 맞서기 어려운 상대였던 것이다. 지우는 돌처럼 굳은 채 아무 말도 하지 못하고 그를 쳐다보기만 했다. 너무도 두려워 보고 싶지 않았으나, 눈동자를 그에게 고정시키기라도 한 듯 그를 계속 쳐다보고 있었다.

그는 여유롭게 웃으며 지우를 주시했다. 그의 눈빛은 투명했고, 너무도 투명하여 지우의 속까지 꿰뚫고 들어오고 있었다. 그녀의 심장이 얼마나 빨라졌는지, 꼭 쥔 손에 식은땀은 얼마나 흥건하게 고여 있는지 그의 눈에는 다 보이는 것만 같았다.

"알아듣겠어요?"

그가 미소 띤 얼굴로 물었다. 지우는 멍하니 고개를 끄덕였다.

"앞으로 어떻게 행동하는 것이 이로울지 잘 생각해 봐요."

그는 말을 마치고 자리에서 일어났다. 그가 사라진 후에도 지우는 한동안 그 자리에 굳은 듯 꼼짝할 수 없었다. 살인을 저지르고도 당당한 그, 자신의 집을 염탐하는 걸 알면서도 그것을 드러내지 않고 오히려 덫을 놓은 그. 그가 끔찍하게 느껴졌다. 온몸이 부르르 떨려 왔다. 원망과 분노가 뒤섞인 감정에 스스로를 주체할 수 없었다.

"이제 어떡할 거야?"

지우는 정우가 기다리고 있는 술집에 도착하자마자 소리치듯 말했다.

"뭘 말이야?"

"준서가 다 알고 있어! 집안 곳곳에 감시카메라가 있었대. 네가 집안을 뒤지는 것이 찍혔다고!"

그녀는 울부짖고 있었다. 처음부터 발을 잘못 들여놓았다는 생각에 정우에 대한 원망이 깊어지고 있었다. 정우는 상황 파악이 되었는지 낮은 목소리로 욕설을 내뱉었다. 지우는 그의 맞은편에 털썩 주저앉았다. 너무도 피곤해 쓰러질 것만 같았다. 귓가에 벌떼가 날아다니는 듯 알 수 없는 소음으로 머리가 지끈거렸다. 그 와중에도 한편으론 조금 전 들었던 준서의 목소리가 아른거렸다.

'어떻게 행동하는 것이 이로울지 잘 생각해 봐요.'

준서의 그 말은 차라리 유혹에 가까웠다.

"내가 직접 만나야겠어."

정우는 당장이라도 준서를 찾아가 멱살이라도 잡을 기세로 말했다. 모든 것이 힘겹고 피곤한 지우는 아무런 대답도 하지 않은 채 두 손에 얼굴을 묻고 있었다. 문득 정우가 자리에서 서둘러 일어났다.

"가지 마. 좀 더 생각을 해 보자고."

지우는 괴로움에 신음하듯 내뱉었다.

"뭘 더 생각하잔 거야? 다른 방법이 있을 것 같아?"

지우만큼이나 예민하진 정우가 날카롭게 물었다. 지우는 가까스로 고개를 들어 그를 마주보았다. 가게 안이 썰렁한지 입

김이 새어 나오고 있었다.

"어쨌든 기다려 봐! 지금 당장 준서를 찾아가서 뭘 어쩌겠다는 건데?"

지우는 다시금 소리치고 말았다. 정우의 무능력함과 어리석음 때문에 자신까지 시궁창에 빠지고 있는 기분이었다. 도저히 좋은 소리가 나오질 않았다.

"너 그 새끼한테 뭐라도 받았냐?"

문득 정우가 눈빛이 변하며 물었다. 그 번뜩이는 눈빛에 숨이 막혀 왔다.

"그게 무슨 소리야? 네 어리광 이젠 지겹다."

지우는 스트레스가 극에 달해 소리칠 힘조차 남아 있지 않았다. 계속 미심쩍은 눈으로 바라보는 정우를 모른 체하며 의자에 깊숙이 기대었다. 콜택시라도 불러 당장 집으로 돌아가 쉬고 싶은 생각뿐이었다. 그때 문득 휴대폰이 전화가 왔음을 알렸다. 발신번호를 확인하니 은수였다. 순간 심장이 빠르게 뛰기 시작했다. 지난번에 보았던 그녀의 굳은 얼굴이 선명하게 떠오르고 있었다. 지우는 정우에게 조용히 해줄 것을 당부하고는 전화를 받았다.

「선배, 아직도 회사 근처인가요? 잠깐 차라도 마셔요.」

은수는 명랑하게 말했다. 회사 근처라는 말은 준서에게 들었을 텐데 저렇듯 아무렇지도 않게 만남을 제의하는 그녀가 낯설게 느껴졌다.

"무슨 좋은 일이라도 있어?"

지우는 퉁명스럽게 물었다.

「총무님이 뵙고 싶다고 해서요.」

총무 핑계를 대고 있지만 다른 속내가 있을 것이 분명했다. 어쩌면 준서가 만나보라고 권했을지도 모르는 일이었다. 새삼스레 준서에 대한 반감이 일었다. 기필코 그의 약점을 잡아내고 싶었다.

"알겠어. 그 카페에서 만나."

지우는 전화를 끊고는 서둘러 몸을 일으켰다. 그녀를 의심하기 시작한 정우는 자신도 함께 만나야겠다며 따라 나서려

했다.

"날 미행하든 뭐하든 상관없으니까 은수의 눈에 띄지는 마."

지우는 정우를 진정시키고는 밖으로 나갔다. 맞은편에서 은수와 총무가 팔짱을 낀 채로 걸어오고 있는 것이 보였다. 지우는 잠시 감정을 가다듬고 이내 환하게 웃으며 손을 흔들었다. 총무는 며칠 새에 얼굴이 좋아졌다는 말로 인사를 대신했다. 옆에 선 은수는 아무것도 모르는 표정으로 천진난만하게 웃고 있었다. 두 사람과 함께 카페 안으로 들어가 자리를 잡고 앉았다.

"선배, 얼굴 좋아진 것 같은데 요즘 어떻게 지내세요?"

문득 은수가 웃는 얼굴로 지우에게 물었다. 지우는 그녀의 얼굴을 빤히 바라보았다. 대체 무슨 의도로 이런 말을 하는지 알 수 없었다.

"왜 그렇게 보세요? 제가 실수했나요?"

지우가 대답 없이 뚫어지게 쳐다보자 은수는 무안한 표정이 되었다.

"그냥 반가워서 그래."

지우는 억지로 분을 삭이며 태연하게 말했다. 분명 4층과 5층 사이의 계단에서 준서와 함께 소곤거렸음이 분명한데 저렇듯 천진한 표정을 지으며 떠보려 하는 은수가 섬뜩할 지경이었다. 지우 역시 그녀가 하는 대로 아무 일도 없었던 것처럼 수다를 떨며 과장되게 웃기 시작했다. 그녀들과의 수다는 한참 동안 이어졌다. 문득 지우가 무의식적으로 고개를 돌리니 정우가 유리벽 밖에서 흘끔흘끔 쳐다보고 있었다. 언제부터인지 모르게 사탕만한 함박눈이 쏟아지고 있었다. 정우의 어깨에도 눈이 쌓여 갔다.

"난 근무 중이라 이만 일어나야겠다. 두 사람은 더 얘기하다 나와."

어느덧 총무가 자리에서 일어나며 인사를 전했다. 그녀가 카페 밖으로 나가고 나자 은수는 서둘러 옷가지를 챙겼다.

"저도 이만 가봐야겠어요. 다른 일이 있어서요."

아마 지우와 단 둘이 같은 공간에 있기가 어색하고 불편할 것이다. 더 이상 아무렇지도 않은 척, 그저 반가운 척 연극하는 것도 지겨울 것이다. 지우는 씁쓸하게 일어나 출입문 쪽으로 향했다. 함께 밖으로 나온 은수는 손에 들고 있던 목도리를 두르며 인사했다.

"오늘 반가웠어요. 그럼 잘 지내세요."

빨간색 목도리는 그녀의 하얀 얼굴을 더욱 투명하게 만들고 있었다. 그녀는 서걱서걱 소리까지 내리며 쏟아지는 눈을 맞으며 지우에게서 돌아섰다. 지우는 요조숙녀처럼 하이힐 소리도 내지 않고 일자로 걷는 그녀의 뒷모습을 바라보고 있자 이유도 모른 채 화가 치솟았다.

"잠깐만 기다려!"

지우는 그녀의 어깨를 붙들고 거칠게 돌려세웠다.

"왜 그러세요?"

은수는 당황한 얼굴로 물었다.

"이제 준서를 만나서 뭐라고 보고할 생각이야?"

지우는 그녀에게 다짜고짜 물었다.

"보고를 하다니 무슨 말이에요? 사장님은 일찍 퇴근해서 지금 댁에 계세요."

은수는 어리둥절해하며 반문했다. 쏟아지는 함박눈 사이로 보이는 그녀의 놀란 얼굴은 더욱 파리해 보였다.

"아무것도 모르는 척하는 너의 그 얼굴도 지긋지긋해."

"난 정말 갑자기 선배가 왜 이러는지……."

그녀가 끝까지 본심을 드러내지 않자 지우는 화가 치밀어 더는 참기 어려울 지경이었다. 결국 지우는 폭발하듯 말을 쏟아놓고 말았다.

"그렇게 모르겠으면 내가 말해 주지. 너를 밀쳐서 다치게 했던 신 사장, 준서가 죽였어. 네 옷에 커피 쏟았던 카페 여자도 준서가 죽였어. 네가 좋아하는 그 남자는 살인자라고! 살인자 주제에 경찰에 알리겠다는 나에게 또 다른 협박까지 하더군."

지우는 분이 가라앉지 않은 채 숨을 크게 몰아쉬었다. 가슴이 욱신거렸다. 직접적인 단서는 아니겠지만 간접적인 단서가 될 수 있는 목격담을 확인시켜주자 결국 아무런 반론도 하지 못하고 도리어 감시카메라 이야기를 꺼내던 준서에 대한 분노가 더욱 커지고 있었다. 지우는 가슴을 주먹으로 툭툭 치고는 은수를 주시했다. 그녀는 넋이 나간 표정이 되어 있었다.

"대체 갑자기 무슨 말인지 모르겠어요. 사장님이 살인자라니요. 꿈이라도 꾸신 건가요. 어떻게 그런 생각을 할 수 있죠?"

은수는 어이없다고 받아들이는지 미소까지 짓고 있었다.

"왜, 믿기 어려워? 준서라면 충분히 가능한 일이야. 그의 아버지도 살인을 했거든. 자기 아내를 죽였어."

아무것도 보이지 않고, 아무것도 들리지 않고, 머릿속에는 딱히 무엇 때문이라고 단정 짓기 어려운 분노로 가득했다. 지우는 되는대로 말을 쏟아내고는 의기양양하게 은수를 쳐다보았다.

"함부로 말하지 마세요. 그의 아버지가 자기 아내를 죽였다니요?"

마침내 은수도 화가 치미는지 부르르 떨고 있었다. 메마른 채 닫히지 않은 입술 사이로 하얀 김이 새어 나왔다. 눈은 점점 더 거세졌다. 은수의 긴 머리는 눈이 내린 채 얼어 가고 있었다.

"그건 사실이야. 함부로 말하는 게 아니라고."

문득 조금 떨어진 곳에서 실실 웃으며 상황을 지켜보던 정우가 다가오며 말했다. 그는 뭐가 그리 재미있는지 과장되게 큰 소리로 웃어 댔다. 은수는 난데없이 등장한 정우를 보며 얼굴이 하얗게 질려 갔다.

"그러니까 이분이 그런 말을 해준 건가요?"

은수는 경멸하는 듯한 눈으로 정우를 한번 흘겨보고는 지우에게 물었다.

"어머니가 돌아가신 일은 이미 알고 있어요. 하지만 살인 같은 건 아니에요. 참 끔찍한 사람들이군요. 남의 말이라고 그렇게 함부로 지껄여도 되는 건가요?"

은수는 부들부들 떨며 소리쳤다. 지우로서는 은수가 그렇게 화가 난 모습은 처음 보는 것이기에 오히려 신선하다는 생각이 들었다.

"내가 함부로 지껄이는 건지 아닌지는 준서의 외삼촌을 만나서 물어봐."

커다랗게 치켜 뜬 눈으로 지우를 쳐다보며 분노하고 있던 은수는 지우의 입에서 외삼촌이라는 말이 나오자 무의식적으로 미간을 찡그렸다. 아마도 준서의 외삼촌에 대해 떠올리고 있는 듯했다. 언젠가 한 번, 준서의 외삼촌이 회사로 찾아온 적이 있었다. 그는 나이답지 않게 훤칠하고 건장한 몸에 귀티가 흐르는 노신사였다.

"형의 외삼촌은 정계에 몸담고 있는 사람임에도 아버지의 죄를 감춰주는 대신 재산을 빼앗아 형에게 주었어. 정말 그래도 괜찮은 건가? 형에게 가서 직접 물어봐야겠어."

정우는 은수가 들으라는 듯 큰 소리로 지우에게 말했다. 마치 강조라도 하듯 준서를 '형'이라도 부르는 것도 잊지 않았다. 은수는 커다란 충격을 받았는지 굳은 얼굴로 정우를 잠시 바라보다가 고개를 푹 숙였다. 외삼촌에 대한 이야기까지 나오자 비로소 꾸며낸 이야기가 아니라는 것을 알게 된 것이다. 지우는 만족스러움에 젖어 정우를 보며 고개를 끄덕였다. 정우의 제안은 매우 효력이 있을 거라 판단되었다. 준서도 외삼촌의 이야기가 알려지고 사람들 입에 오르내리는 것은 원치 않을 것이었다. 벌써부터 승리에 도취되기 시작했다.

"말하지 마세요."

문득 은수가 고개를 들며 조용히 말했다.

"그는 몰라요. 아버지의 살인 얘기는 전혀 모르고 있어요. 외삼촌이 죄를 감춰주는 대신 재산을 넘겨받았다는 얘기도 몰라요. 그러니까 모르는 채로 그냥 두라고요."

그녀는 정우의 팔을 붙들며 말했다. 정우는 여전히 피식거리고 있었다.

"그에게 뭘 원하는지는 모르겠지만 요구사항을 들어달라고 전해볼게요."

그녀는 무릎이라도 꿇을 듯이 애원했다. 그러나 정우는 그녀에게 무응답으로 일관하며 지우에게 말했다.

"어서 가서 준서를 만나 보자."

은수는 하얗게 질린 얼굴로 끔찍한 괴물이라도 보는 듯 두 사람에게서 몇 걸음 물러났다. 그녀는 잠시 비틀거리다가 이내 빠른 걸음으로 차도로 다가가 택시를 잡기 시작했다.

"너, 어디 가는 거야?"

정우가 잽싸게 그녀의 팔을 붙잡으며 물었으나 그녀는 온 힘을 다해 그를 뿌리치고 택시에 올랐다. 미처 손을 쓸 새도 없이 은수가 탄 택시는 시야에서 멀어지고 있었다. 정우는 유료주차장에 세워둔 차를 몰고 길가로 나왔다.

"보나마나 준서의 집으로 갔겠지. 지름길을 아니까 먼저 가서 기다려 보자고."

정우는 시동을 걸며 말했다. 눈이 심하게 쏟아지기 때문인지 도로의 차들은 거의 정체되어 있었다. 지우는 답답함에 한숨이 절로 나왔다. 하지만 정우는 태연하게 콧노래까지 부르고 있었다. 숨이 막힐 듯하여 차창을 내리니 큼지막한 함박눈이 안으로 들이쳐 들어왔다. 지우는 다시 창을 닫고 하릴없이 창 밖을 내다보았다.

어느덧 준서의 집 가까이에 이르렀다. 눈은 그칠 줄 모르고 점점 더 거세게 내리고 있었다. 주택가로 진입해 길이 좁아지자 속도는 더욱 느려졌다. 지우는 불평이 나오려는 것을 꾹 참아내며 앞을 보았다. 멀리서 은수가 걸어가고 있는 뒷모습이 보였다. 아마도 차의 속도가 잘 나지 않자 차라리 걷기로 하고 일찍 내린 모양이었다.

"들키지 않을 만큼만 가까이 가보자."

정우는 혼잣말처럼 말하면서 가능한 소리를 내지 않고 차를 달렸다. 은수는 몸을 떨며 느릿느릿 걷고 있었다. 추위와 스트레스에 지친 모습이었다. 어깨와 머리에 떨어진 눈을 털어낼 새도 없이 서두르고 싶지만 마음만 앞선 듯 자꾸만 미끄러지려 하고 있었다. 문득 그녀는 눈이 수북하게 쌓인 길 위로 풀썩 넘어졌다. 재빨리 몸을 일으켰으나, 코트는 이미 젖어가고 있었다. 그녀는 꿋꿋하게 눈을 털어내고 다시 걸음을 서두르기 시작했다.

마침내 준서의 집 앞에 다다른 그녀가 벨을 누르자 준서가 모습을 드러내었다. 멀리서 봐도 그는 은수의 모습을 보고 깜짝 놀라는 표정이었다. 두 사람이 안으로 사라지자 지우와 정우는 얼마 전 그때처럼 준서의 앞마당을 지나 거실 창 쪽으로 다가갔다. 준서는 은수의 코트를 팔에 든 채로 그녀를 다그치고 있었다. 전화라도 하지 왜 이렇게 무리했냐 하는 식의 말을 하고 있을 것이라 짐작되었다.

"지금 들이닥칠까."

지우가 넌지시 묻자 정우는 고개를 저었다.

"일단 지켜보자. 저 여자도 무사하지 못할 수도 있어."

정우는 여전히 안을 살피며 목소리를 낮추었다.

"무슨 소리야. 의도가 어떤지는 몰라도 은수에게 저렇게 잘하는데."

지우는 터무니없다는 듯 코웃음을 치며 두 사람을 주시했다. 준서는 은수에게 무릎담요와 쿠션을 가져와 덮어주고는 드라이기로 머리칼을 말려주고 있었다.

"은수라는 저 여자. 어디서 봤는지 기억이 났거든."

정우는 의기양양한 모습이었다. 지우가 어서 말해보라며 다그치자 정우는 조용히 입을 열었다.

3년 전 어느 날, 정우는 아버지의 일로 준서에게 연락을 넣었다. 만나서 할 이야기가 있다고 하자 준서는 일방적으로 장소와 시간을 정해주고는 전화를 끊었다. 별 수 없이 그가 말한 곳으로 찾아갔다. 그곳은 후미진 변두리의 한 술집이었다. 그는 안으로 들어가기 전부터 섬뜩한 광경을 보게 되었다. 한 젊은 남자가 누군가에게 심하게 구타를 당하고 있었고, 그 옆에는 그보다 조금 어려 보이는 여자가 이러지도 못하고 저러지도 못한 채 바들바들 떨고 있었다. 그리고 준서는 그 광경을 관람이라도 하듯, 조금 떨어진 곳에서 그들을 지켜보고 있었다. 정우가 그에게 다가가자 그는 곧 끝난다며 기다리라고 했다. 대충 상황을 보아하니 구타를 하는 사람은 사채업자였고, 구타를 당하는 사람은 큰돈을 빌리고 갚지 못한 상태인 듯했다. 한참을 맞던 젊은 남자는 옆에서 떨고 있는 여자라도 보내 달라고 애원했다. 자기와 아무런 상관관계도 없는, 그저 학교 후배일 뿐이라고 했다. 그러나 사채업자는 젊은 남자의 말을 믿지 않았다. 그때 문득 준서가 여자의 손목을 잡아끌었다. 그가 나서자 사채업자는 아무 대꾸도 하지 않고 고개만 끄덕였다. 얼마 후에 돌아온 준서는 혼자였다. 그는 곧 술집 안으로 들어가 정우에게 할 이야기가 무언지 물었다.

"그때 그 여자가 바로 은수라는 여자였어."

정우에게 들은 이야기는 놀라웠다. 문득 지우의 머릿속에서 음산하게 부르는 휘파람 소리에 발작할 것처럼 괴로웠다는 은수의 말이 떠올랐다. 그날 준서가 은수의 손목을 잡아끌고 사라진 이후 무슨 일이 있었던 것일까, 궁금증은 더해 가기만 했다. 입술을 잘근잘근 씹으며 집 안을 살피니 두 사람은 소파에 나란히 앉아 있었다. 두 사람 사이에 이상한 기류 같은 것은 전혀 느껴지지 않았다. 그저 평범한 연인일 뿐이었다.

'그의 마음은 어디까지가 진심일까요.'

문득 은수가 지나가듯 던졌던 말이 지우의 귓가에 떠올랐다. 당사자인 은수가 느낄 정도로 준서는 그녀에게 뭔가 다른 속셈이 있었던 것일까. 고민을 하다 보니 머리가 지끈거렸다.

"너, 안 좋아 보이니까 집에 가서 좀 쉬어라."

정우가 이마를 짚고 있는 지우를 보며 말했다.

"넌 어떡할 건데?"

지우는 그에게 고마움을 느끼며 물었다.

"난 좀 더 지켜봐야겠어. 무슨 일이 벌어질 땐 증거를 잡아야 하니까."

정우는 비장한 표정으로 말했다. 지우는 소리 내지 않게 조심조심 몸을 움직이며 준서의 앞마당을 빠져나갔다. 눈은 조금씩 그치고 있었다. 수북이 내린 눈을 밟으며 큰 길로 나갈 때도, 택시를 잡아타고 집으로 향할 때도 그녀의 머릿속에서는 준서와 은수의 관계에 대한 궁금증이 가득했다.

K는 술잔을 연거푸 비웠다. 오랜만에 만나는 친구는 웃는 낯으로 잔을 채워주곤 했다. 차가운 에어컨 바람에 머리가 아팠다. 하지만 몸

은 여전히 열병에 시달리는 사람처럼 뜨거웠다.

"여자를 부를까? 기분전환은 확실히 될 텐데."

친구가 말하자 K는 고개를 저었다. 아무리 술을 마셔도 가슴 속 응어리가 풀리질 않았다. 깊은 한숨은 목구멍에 걸린 채 빠져나오지도, 넘어가지도 않았다. 그는 풀린 눈으로 허공을 바라보며 하릴없이 웃었다.

가끔씩 그는 발작처럼 어머니가 그리워졌다. 어머니는 아름다운 여자였다. 따뜻한 손으로 두 뺨을 감싼 채 앞머리가 드리워진 이마에 입을 맞추어 주던 모습. 그것이 어머니를 생각하면 가장 먼저 떠오르는 이미지였다. 어머니는 죽어갈 때조차 아름다웠다. 하얀 피부에 뿌려지던 붉은 핏방울. 어머니를 생각하던 그의 눈에 눈물이 어른거리며 속눈썹이 천천히 젖어 들어갔다.

"차라리 나가자."

문득 친구가 계산서를 집어 들며 일어났다.

"이런 데 처박혀서 술이나 넘기느니 좋은 구경하러 가자."

사채업자인 친구는 가끔씩 현장에 나가 직원들이 제대로 일하는지 돌아보곤 하였던 것이다. 친구의 차는 도심에서 조금 떨어져 있는, 상당히 외진 지역에서 멈추었다. 주변엔 온통 5층 이하의 낮은 건물들뿐이었고 주택은 보이지 않았다. 친구는 그 중 유난히 낡아 보이는 건물의 술집으로 들어섰다. K가 친구의 뒤를 따라 안으로 들어서자마자 뭔가가 와장창 하고 부서지는 소리가 들렸다. 커다란 덩치의 두 남자가 한 테이블을 뒤엎고 있었다. 그들은 친구의 직원들이었다. 뒤엎인 테이블 앞에 앉아 있던 네 명의 남녀가 잽싸게 밖으로 달아났고 미처 달아나지 못한 두 명의 남녀는 덩치들에게 이끌려 술집 밖으로 나왔다. K의 친구는 자신의 직원들에게 여긴 내게 맡기고 달아난 이들을 쫓아가라 했다.

"갚을 돈은 없고 유흥이나 즐길 돈은 있는 건가? 지금 장난하는 거야?"

친구는 끌려 나온 남자의 멱살을 잡고 물었다. 남자는 며칠만 시간을 달라며 사정을 해댔다. 주먹을 들기도 전에 남자는 죽을 듯이 울부짖으며 봐달라고 소리쳤다.

"그럼 저 여자한테 대신 받을까?"

친구는 옆에 서서 두려움에 차 있는 여자를 가리켰다.

"저 앤 나와 아무 관계도 없어요. 그냥 대학 후배입니다. 내버려 두세요."

남자는 부들부들 떨면서도 끝까지 말했다.

"그런데 왜 다른 일행들처럼 달아나지 않고 너와 함께 있는 거지?"

마침내 사채업자 친구는 남자에게 주먹을 휘둘렀다. 여자와 아무런 상관없는 사이라는 것도 믿지 않는 눈치였다. 사람들은 막무가내로 맞고 있는 남자를 봐도 자신에게 피해가 갈까 두려운지 못 본 채 지나치고 있었다. 문득 그 광경을 지켜보던 K가 여자에게 다가가 손목을 붙잡았다.

"내가 알아서 처리할게."

K가 말하자 친구는 동의한다는 듯 고개를 끄덕였다. 그는 여자의 손목을 붙잡은 채 그곳을 벗어나기 시작했다. 한여름 밤의 공기는 여전히 후덥지근했다. 여자의 손목과 닿은 그의 손에도 땀이 나기 시작했다. 그가 방심하고 잠시 주변을 둘러볼 때 여자는 재빨리 그의 손

을 뿌리치고 달아나기 시작했다. 그는 일부러 여자의 흔적을 놓친 듯
헤매며 천천히 뒤를 따랐다. 택시를 잡으려는지 계속 도로를 살피며
달아나던 여자는 어느 낡은 건물 안으로 들어갔다. 그는 자신의 존재
를 드러내지 않고 묵묵히 여자를 따라 입구로 들어섰다. 다급한 발걸
음 소리가 3층쯤에서 멈춘 듯했다. 그는 여자의 생각을 읽으며 3층
으로 올라갔다. 조금 전까지 마신 술에 취기가 올라 자신이 어떤 행
동을 하는지 제대로 판단하기도 어려웠다. 음산한 복도를 천천히 걸
어가며 그는 휘파람을 불기 시작했다. 오래 전에 유행하던, 떠나간 애
인을 원망하는 남자 가수의 노래였다. 오른쪽 복도 끝쯤에 낡고 작
은 책상 하나가 덩그러니 놓여 있었다. 이유를 알 수 없지만 왼쪽으
론 신경도 쓰지 않은 채 그 오른쪽 복도를 터벅터벅 걸어가기 시작했
다. 여전히 입술 사이로 휘파람이 새어나오고 있었다. 이윽고 낡은 책
상 가까이에 다다랐다. 그는 천천히 책상 안쪽으로 돌아가 유심히 살
폈다. 달아났던 여자가 웅크리고 앉아 두려움에 떨고 있었다.

"살려주세요. 잘못했어요, 살려주세요."

달빛은 휘영청 밝았다. 아무런 잘못도 없는 어린 여자에게 공포감

을 주는 상황에서 이상하게 웃음이 났다. 그가 지그시 미소 지으며 여자를 바라보았다. 이윽고 그는 여자에게 눈높이를 맞추듯 함께 쪼그려 앉았다.

"네가 어떻게 될 것 같아?"

여자는 그 말이 의미하는 바가 무엇인지 알 수 없어 겁에 질린 채 그를 물끄러미 바라보았다. 그 역시 묵묵히 여자를 마주보았다. 달빛에 비치는 하얀 얼굴이 남다르게 보였다. 그는 저도 모르게 여자의 팔목을 잡아끌었다. 여자는 쪼그려 앉은 채로 끌려나와 그 앞에 무릎 꿇은 모습이 되었다. 어느덧 눈물이 어리기 시작했다.

"전 아무것도 몰라요. 앞으로도 모를 거고요."

사채업자의 행각을 발설하지 않겠다는 결의가 느껴지는 여자의 말이었다. 여자를 가만히 바라보자 호기심이 일었다. 그는 무의식적으로 여자의 목에 손을 갖다 댔다. 두려움에 찬 여자의 숨소리가 거칠어졌다. 그는 조용히 휘파람을 불었다. 조금 전과 같은 멜로디였다.

"널 살려줄게."

그는 여자의 목에서 손을 떼고는 천천히 말했다. 그리고 곧 몸을 일으키고는 여전히 바닥에 주저앉아있는 여자를 내려다보았다.

"대신 나를 잘 기억해둬."

환상속의 성

　정우에게 전화가 왔을 때는 이미 이른 아침이었다. 지우는 아직 피로가 덜 풀린 상태로 겨우 눈을 뜨고 그의 전화를 받았다.

　"어서 이리로 와줘. 경찰과 함께 와야 해."

　지우는 통화를 끝내자마자 옷을 입는 둥 마는 둥 하며 급하게 밖으로 나왔다. 택시를 잡아타고 준서의 지역 관할 경찰서로 향하면서 무의식중에 입술을 물어뜯기 시작했다. 조금 전 정우에게 들은 말로 머릿속은 복잡해지고 있었다.

「나는 밤새도록 준서의 집 앞을 살폈어. 두 사람은 저녁식사를 하고 나서 한참동안 소파에 나란히 앉아 이야기를 나누더군. 그러다 어느 순간부터 언성이 높아지기 시작했어. 말다툼을 하는 것 같더군. 그림으로만 보니 준서가 은수에게 화가 난 것처럼 보였어. 은수는 고개를 숙인 채 말이 없고, 준서는 계속 언성을 높이더군. 문득 화를 내던 준서가 은수를 강제로 끌고 가다시피 해서 방으로 들어갔어. 밤이 깊어진 후에는 차에 앉아서 잠깐씩 졸면서 끝까지 지켜봤지만 은수가 밖으로 나오는 걸 보지 못했어. 그러니까 어제 눈을 맞으며 안으로 들어간 이후에 다시 밖으로 나오지는 않았다는 뜻이야. 밖으로 나오지 않았을 뿐만 아니라, 준서가 끌고 들어간 이후 방밖으로도 나오지 않았어. 준서는 아침 7시쯤에 일어났는지 거실로 나와서 잠시 스트레칭을 하고, 신문을 보고, 아침을 먹었어. 만일 은수가 여전히 함께 있었다면 혼자 밥을 먹지는 않았겠지. 아무튼 그는 다시 방으로 들어갔다가 한참 후에 나오더니 어딘가에 전화를 하더군. 8시가 되자 영업 부장이 도착했어. 두 사람 다 오늘은 출근을 하지 않으려나 봐. 상황이 어떻게 된 건지 짐작할 수 있겠지?」

꽉 잡은 두 손이 부들부들 떨리고 있었다. 정우는 영업 부장이 시체를 처리하기 전에 어서 경찰과 함께 오라고 당부를 해왔다. 지우는 어쩐지 눈물이 날 것 같아 입술을 깨물며 차창 밖을 바라보았다. 어느새 또다시 눈이 내리고 있었다. 문득 커다란 함박눈을 맞으며 위태롭게 걷던 은수가 떠올랐다. 준서가 충격 받을까 걱정되어 그에게 가면서, 눈 때문에 차가 막히자 결국 구두를 신은 발로 눈길을 걷고 또 걸어 그를 찾아갔던 은수는 결국 그 집에서 다시 나오지 못하게 되었던 것이다. 은수는 그에게 어떤 의미였을까. 어떤 불가피한 사정으로 그녀를 해쳐야 했던 것일까, 혹은 충동적이었을까.

뭔지 모를 슬픔에 고민하다 보니 어느덧 경찰서에 도착해 있었다. 지우는 참담한 얼굴로 사건의 경위를 대충 이야기하고 현장을 급습해야 한다며 재촉했다. 담담하게 설명하려 했지만 이미 눈물이 뚝뚝 떨어지고 있었다. 전혀 자신의 것이 아닌 듯 자신의 의지와는 상관없이 눈물은 계속 흘렀다. 두 명의 경찰이 그녀와 동행하여 준서의 집으로 향했다. 그녀의 말을 믿지 못하지만 마지못해 동행하는 눈치였다.

준서의 집 앞에 다다르자 마당 울타리 근처에서 정우가 서성이고 있는 것이 보였다. 그는 지우를 발견하자 반가운 듯 천천히 다가왔다. 어제 내린 눈도 녹지 않아 두꺼운 눈길이 아련하게 펼쳐져 있었다. 마치 환상 속에서 걷고 있는 듯했다. 정우는 하이힐이 자꾸 눈 속에 빠져 간신히 걷는 지우의 손을 잡아주었다.

"왜 울지?"

그가 물었다.

"무의식적인 거야. 신경 쓰지 않아도 돼."

지우의 말에 정우는 무심히 고개를 돌려 준서의 집 현관을 쳐다보았다. 경찰들이 두 사람보다 앞서 걸어가 현관 앞에 다다랐다.

"어서 들어가죠. 지금 시체를 처리할 궁리를 하고 있을 겁니다."

정우는 결의에 찬 표정으로 말했다. 그와 지우는 경찰들의 뒤를 따르며 준서의 집으로 들어섰다. 갑작스런 경찰의 방문에 놀란 준서 뒤로 당황한 표정의 영업 부장이 보였다.

"신고가 들어왔습니다. 몇 가지 확인할 것이 있으니 협조해 주십시오."

경찰이 신분증을 보여주며 말하자 준서는 매우 난처한 얼굴이 되었다.

"뭘 확인한다는 겁니까?"

"이 집에 시체를 숨겨놨다는 제보가 있었습니다."

두 명의 경찰은 준서에게 간단히 대답했다. 준서는 올 것이 왔다는 듯 담담하게 고개를 끄덕일 뿐, 아무런 말도 하지 않았다. 경찰은 곧 집의 이곳저곳을 둘러보기 시작했다. 문득 준서가 정우에게 한 걸음 다가서며 나직이 말했다.

"오랜만에 얼굴 보는데 차라도 마시고 가라."

그는 미소까지 짓고 있었다. 지우는 그의 태연한 모습에 기가 찼다. 눈물은 자꾸만 뺨을 타고 흐르고 있었다. 누구의 것인지도 모를, 무엇 때문에 쏟아지는지도 모를 눈물이었다. 문득 준서가 그녀에게로 시선을 돌렸다.

"지우 씨, 무슨 억울한 일이라도 당했어요?"

"은수가 가여워서 눈물이 나는군요."

지우 역시 준서처럼 태연히 미소를 지으며 대답했다. 그녀는 신경질적으로 눈물을 닦아 냈다. 어느덧 욕실부터 서재와 작은방까지 모두 확인한 경찰들은 이제 침실을 확인하기 위해 문고리를 잡았다.

"거긴 좀…… 잠시 후에 보시면 안 되겠습니까? 제가 정리를 한 후에……."

준서는 침실 문을 여는 것을 막으며 말했다. 매우 당황하고 난감해하는 듯했다. 정우는 그의 반응을 보며 침을 꿀꺽 삼켰다. 계속 경찰의 출입을 막으려 하는 준서는 뜻대로 되지 않자 미간을 잔뜩 찡그린 채 정우를 노려보았다. 그의 행동에서 뭔가 미심쩍은 것이 느껴졌는지 두 명의 경찰은 서로 눈빛을 교환한 후, 다시금 준서에게 협조를 부탁했다. 마지못해 그가 한 걸음 물러나자 경찰은 거침없이 침실 문을 열고 안으로 들어갔다. 그러나 안으로 들어선 경찰의 입에서 옅은 탄식이 새어 나오고는 곧 준서에게 사과하는 소리가 들렸다.

"이거 죄송하게 됐습니다."

지우는 무슨 일인가 궁금하여 재빨리 안으로 들어갔다. 이윽고 침대 위에 일어나 앉아 있는 은수의 모습이 보였다. 잠옷 차림에 머리카락이 흐트러져 있는 것으로 보아 조금 전까지 잠에 빠져 있었던 것 같았다.

"제 아내 될 사람인데 지금 몸이 많이 아픕니다."

준서가 무안한 표정으로 뒷목을 긁으며 설명했다.

"갑자기 무슨 일이죠?"

은수는 난데없이 나타난 낯선 이들을 둘러보며 물었다.

"혹시 이분이 사고를 당했다는 그 여자분 맞습니까?"

문득 경찰들이 지우를 보며 물었다. 지우는 혼란스러운 상태로 겨우 고개를 끄덕였다. 경찰들은 허탈한 미소를 지어보이고는 준서와 인사형식의 몇 마디를 주고받았다. 그들은 지우에게 주의하라는 말을 전한 후, 밖으로 나갔다. 정우 역시 혼란스러운지 멍한 표정으로 거실에 서 있었다. 준서는 한쪽 입술 끝을 올리며 피식 웃고는 정우와 지우를 보며 말했다.

"일단 앉아요."

준서는 두 사람에게 자리를 권하고는 주방 쪽으로 향했다. 차를 준비하려는 모양이었다. 넋이 나간 듯, 허탈한 듯 하얗게 질린 정우는 영업 부장의 적극적인 권유에 엉거주춤하며 소파에 앉았다. 준서가 커피를 내리고 있을 때 침실 문이 열리고 옷을 갈아입은 은수가 나왔다.

"들어가 있어. 아직 무리하면 안 돼."

준서는 머뭇거리는 은수의 어깨를 감싸 안고 침실로 향했다. 그녀를 다시 안으로 들여보낸 그는 머그컵에 가득 커피를 담아가지고 와 정우와 지우에게 건네었다.

"김정우 너, 아직도 정신 못 차리고 이런 짓이나 꾸미고 다니는 거냐."

준서는 답답한 듯 이마에 손을 얹은 채 한숨처럼 말했다.

"형님이 재산분배만 해 주었어도 이렇게는……."

"이미 오래 전에 네 몫은 챙겨준 걸로 기억하는데. 도대체 얼마를 받아야 속이 시원하겠니?"

준서는 정우를 달래듯이 말하고 있었다. 그의 눈빛에는 미움이 아닌 애처로움이 담겨 있었다. 막연하게 준서가 정우를 미워할 것이라 여겼던 지우의 예상과는 전혀 다른 모습에 어안이 벙벙해졌다.

"그렇게 큰소리치지 마시죠. 형님은 아버지에게 재산을 뺏기 위해 형님의 어머니를 살해한 것도 모른 체하면서 외가의 힘을 이용했죠."

정우가 거침없이 말하자 순간 준서의 눈썹이 꿈틀거렸다. 정우는 예상대로 되는 일이 없자 이제 악만 남은 듯 쏟아냈다.

"형님은 혼자 살겠다고……."

정우가 말을 채 끝내기도 전에 준서가 빠른 걸음으로 그에게 다가왔다. 그는 곧 정우의 멱살을 잡고 끌어당기더니 거세게 주먹을 날렸다. 순식간에 얼굴을 강타당한 정우는 휘청

거리며 몇 걸음 밀려났다. 잠시 분을 참아내며 숨을 몰아 쉰 준서는 은수가 신경 쓰이는지 침실 쪽을 잠깐 쳐다보았다. 그는 곧 정우의 멱살을 잡아끌고 현관 밖으로 나갔다. 영업 부장은 뭐가 우스운지 큭큭 대며 준서를 따라 밖으로 나갔다. 지우가 급하게 뛰어 나가보자 준서는 정우에게 계속해서 주먹을 휘두르고 있었다.

"뭐 살인? 시체를 감춰놔? 너 언제까지 망나니짓이나 할 거냐!"

정우는 맞서지 못하는 건 물론이고, 방어조차 하지 못하고 맞기만 했다. 정우의 코에서는 이미 피가 쏟아지고 있었다. 지우는 준서를 말려야 된다고 생각하면서도 그가 두려워 차마 나서지 못하고 지켜보기만 했다. 차라리 정우 따윈 내버려둔 채 이곳에서 벗어나고 싶은 마음도 드는 상황이었다. 준서는 눈으로 뒤덮인 앞마당에 엎어져 있는 정우를 일으켜 세운 후, 다시금 얼굴을 내려쳤다. 정우는 눈 위를 구르며 코피를 쏟아냈다. 하얀 눈 위에 새빨간 피가 번지고 있었다. 그는 눈 위로 엎어진 채 숨을 몰아쉬며 일어나지 못했다.

"그때 나는 열 살도 채 되지 않은 어린 아이였지. 그리고 그 사건의 유일한 목격자였어."

준서는 엎어져 있는 정우를 내려다보며 조용히 말했다. 그는 잠시 그때를 회상하는 듯 허공을 보며 슬픈 눈빛이 되었다. 죽은 어머니를 생각하는지 눈가가 촉촉하게 젖어들고 있었다.

"너 따위에게 내 어머니에 대한 이야기는 더 이상 하고 싶지 않다. 다만 그것은 사고였고, 어머니의 죽음을 막지 못한 아버지는 죄책감 때문에 스스로 자취를 감춘 거였다."

준서는 눈물을 참으려는지 고개를 치켜든 채 잠시 눈을 깜빡였다. 이윽고 그는 주머니에서 휴대폰을 꺼내 여러 번 버튼을 눌렀다. 묵묵히 코피를 닦아내고만 있던 정우는 뭔가 반격할 것이 생겼는지 몸을 일으키고는 준서를 쳐다보았다. 이윽고 휴대폰을 계속 눌러 대던 준서가 나지막이 말했다.

"네 통장으로 돈 좀 넣었으니 더는 나타나지 말고 정신 차리고 살아."

반격하려는지 주먹을 불끈 쥐고 있던 정우는 준서의 말에 금세 표정이 바뀌며 수그러들었다.

"오해한 건 죄송해요. 그만 가볼게요."

정우는 책임감 없이 단 한마디로 수습하려는지 준서에게 넙죽 인사를 하고는 차를 세워둔 곳으로 달렸다. 지우 역시 그를 따라 가려다가 준서에게 확인하고 싶은 것이 떠올라 잠시 그를 쳐다보았다.

"더 할 말 있어요?"

준서가 굳은 표정으로 물었다.

"아까 은수를 '아내 될 사람'이라고 했잖아요. 그건 대체……."

"이번 봄에 결혼하기로 했습니다. 뭐 문제 있나요?"

준서는 태연히 대답했다. 웃음까지 짓고 있는 모습이었다. 결국 은수가 말한 급하게 해야 할 일이라는 것은 결혼준비였던 걸까. 지우는 아직 미심쩍은 부분이 많았으나 정우가 기다린다는 생각에 인사를 하고 돌아섰다. 문득 등 뒤로 준서의 목소리가 들렸다.

"정우 저 자식, 여자만 생기면 이 짓이야. 그거 알고 있어요?"

지우는 잠시 멈칫했지만 이내 마음을 가다듬고 몇 걸음 걸어갔다. 그런데 아무리 둘러 봐도 정우의 차가 보이지 않았다. 지우는 혹시 어디에 숨어서 염탐하고 있나 싶은 생각에 그에게 전화를 걸었지만 전원이 꺼진 상태였다. 지난밤 밖에서 밤을 보내느라 배터리가 나간 모양이었다.

"태워다 줄 테니까 내 차 타요."

문득 영업 부장이 그녀에게 다가오며 말했다. 준서는 이미 안으로 들어갔는지 보이지 않았다. 지우는 무슨 짓을 당할지 모른다는 생각이 들어 절대 그의 차는 타고 싶지 않았다. 대충 거절의 의사를 표시하고는 큰길로 나가려는데 그가 따라오며 다시 말했다.

"지우 씨가 너무 안타까워서 내가 몇 가지 정보를 주려고 하는 거야. 가까운 데 가서 맥주라도 한잔해요."

지우는 그가 두려웠지만 정보를 준다는 말에 솔깃해질 수밖에 없었다. 잠시 주저하며 망설이던 그녀는 결국 그의 차 대신 택시를 타고 그와 함께 이동하게 되었다. 그는 조수석에 올라 뒷좌석에 탄 그녀에게 이런저런 농담을 해댔다. 시내에 다다르자 영업 부장은 유흥가 근처에서 차를 세웠다. 그는 후미진 골목의 어느 술집으로 들어섰다. 지우는 그를 따라 안으로 들어가 자리에 앉았다.

"사장님 오셨어요?"

한 여종업원이 영업 부장을 사장님이라고 부르며 반갑게 인사를 건넸다. 어쩐지 목소리가 낯이 익어 여자를 올려다보는 순간 지우는 깜짝 놀라고 말았다. 그녀는 바로 부풀린 파마머리의 카페 여자였던 것이다. 지우가 놀라는 것을 확인한 영업 부장은 음흉한 표정으로 흐흐 웃어 댔다.

"저 친구가 나한테 돈을 좀 빌려 썼어."

영업 부장은 여전히 웃는 얼굴로 말했다. 파마머리의 여자는 영업 부장의 취향을 훤히 알고 있는지 주문을 받기도 전에 소주와 안주 몇 가지를 내왔다.

"어쩌다가 사채까지……."

지우는 말끝을 흐리며 영업 부장을 쳐다보았다.

"젊은 여자들이야 뻔하지. 성형수술비나 명품 값이지 뭐."

지우는 저도 모르게 한숨이 새어나왔다. 신 사장에 대한 얘기는 물을 가치조차 없다는 생각이 들었다. 대체 그동안 무슨 짓을 하고 다녔는지 답답할 지경이었다. 지우는 연거푸 술잔을 비웠다. 모든 상황이 괴롭고 숨이 막혀 와 취해버리고 싶었다. 영업 부장은 계속해서 술잔을 채우고, 다시 비우고를 반복하는 그녀를 보며 묻지 않은 말을 늘어놓기 시작했다.

"정우 자식 저거, 인간 되려면 아직 멀었지."

지우는 머릿속이 꽉 막힌 듯 아무 소리도 들리지 않았다. 의자에 깊숙이 기댄 채 한숨을 내쉬었다. 문득 준서의 집 침실에서 자고 있던 은수가 떠올랐다. 왠지 모르게 그녀가 안타깝다는 생각이 들었다.

"은수는 사장님이 가끔 두렵다고 했어요. 휘파람 소리에 소름이 끼쳤다고 했죠. 그런데 어떻게 결혼을 생각한 건지. 뭔지 모를 사장님의 음모가 있었겠죠."

지우는 혼잣말하듯 중얼거리며 술잔을 들었다. 영업 부장은 뭐가 그리도 우스운지 소리 내어 웃기 시작했다. 그 소리가 어찌나 큰지 주변에서 그를 흘끔흘끔 쳐다보고 있었다.

"정우에게 그때 이야기는 들었어요."

지우는 그가 자신을 무시한다는 생각이 들어 저도 모르게 발끈하며 영업 부장이 은수 일행을 폭행했던 사건을 알고 있음을 상기시켰다. 그녀의 말을 듣자 영업 부장은 표정이 굳어졌다. 그는 머쓱한지 잠시 헛기침을 하고는 술잔을 들어 목을 축였다.

"준서가 그때 휘파람을 불고 있긴 했지. 그 자식은 긴장하면 그런다니까."

어느덧 그는 다시금 키득거리기 시작했다.

"전 먼저 일어나야겠군요."

그의 그런 태도에 조롱당하는 기분마저 느껴진 지우는 더 이상 참지 못하고 자리에서 일어났다. 그는 그녀를 잡지도 않고 여전히 웃으며 계속 말했다.

"아무튼 지우 씨는 과대망상 환자 같군. 준서한테 음모 따위는 없어. 그냥 은수에게 반했을 뿐이야. 사랑에 빠지는 것도 죄가 되나?"

지우는 아무 대답도 하지 않고 밖으로 나왔다. 두껍게 쌓인 눈은 여전히 녹지 않고 발목에 휘감겨 들었다. 차가운 바람이 뺨을 때리는 것처럼 강하게 불었다. 지우는 뭔지 모르게 서러워져서 울음을 삼키며 천천히 걸었다.

집으로 돌아와 따뜻한 공기가 몸에 닿자 술기운은 더욱 거세졌다. 머리가 지끈거리고 속은 울렁거렸다. 지우는 토악질을 참으며 냉장고에서 물통을 꺼내 컵도 없이 벌컥벌컥 마셔 댔다. 따뜻한 공기가 싫어 창을 활짝 열어젖혔다. 눈물이 뺨을 타고 흐르고 있었다. 그녀는 술기운에 그대로 잠에 빠져들었다.

밤도 되기 전에 잠이 들었던 그녀는 다음날 이른 아침에 잠에서 깨었다. 창문은 활짝 열어젖힌 채였고, 코트도 벗지도 않고 이불을 덮고 있었다. 공기가 차가운 걸 느끼며 창문을 닫고 샤워를 했다. 욕실에서 나오며 좁은 원룸을 둘러보니 한 달 넘게 청소를 하지 않았다는 게 새삼스럽게 떠올랐다. 그녀는 마음먹은 김에 대청소를 하듯 빨래를 돌리고, 설거지를 하고, 묵은 먼지를 닦아 냈다.

어느덧 정오가 지나고 있었다. 지우는 라면을 먹으며 정우에게 전화를 걸었다. 그의 휴대폰은 여전히 전원이 꺼져 있었다. 어제는 배터리가 나갔다고 해도 오늘까지 꺼져 있다는 건 뭔가 이상하다 싶었다. 갑자기 심장이 크게 뛰기 시작했다. 그녀는 조그맣게 운영하고 있는 정우의 가게를 찾아갔다. 몇 번 봤던 아르바이트 학생은 보이지 않고 낯선 중년의 남자가 보였다. 그녀는 불안함에 떨리는 마음을 가다듬으며 조심스레 물었다.

"이 가게 주인 되는 분은 어디 계신가요?"

"제가 주인인데 왜 그러시죠?"

남자는 이상한 눈으로 그녀를 보며 되물었다. 순간 머리카락이 쭈뼛 서는 것만 같았다. 그녀는 대답도 잊은 채 밖으로 나왔다. 다시 그의 집으로 찾아가기 위해 발걸음을 서둘렀다. 하지만 그의 집이 어디인지 알지 못했다. 지우는 길 잃은 미아처럼 어디로도 향하지 못하고 머뭇거렸다. 문득 준서가 폰뱅킹으로 정우의 통장에 돈을 넣었다고 말하던 것이 떠올랐다. 돈 얘기를 듣는 순간 표정마저 바뀌면서 준서에게 사과까지 하고 돌아서던 그의 파렴치한 모습 또한 생생했다. 어쨌든 준서에게 돈을 뜯어내는 목적은 달성했으니 준서의 실체가 어떻건, 사생활이 어떻건 아무런 상관도 없는 것일 터였다. 다시금 그에게 전화를 걸었으나 당연하게도 여전히 전원은 꺼져 있었다.

문득 영업 부장에게 들었던 말이 떠올랐다. 지난 오후에는 술기운에 제대로 들리지 않던 그 목소리가 이제야 생생하게 떠오르고 있었다.

'정우 자식 저거, 인간 되려면 아직 멀었지. 준서가 재산을 떼어준 지 한참 됐는데도 틈만 나면 저런 짓을 하더군. 벌써 몇 번째인지 몰라. 날름날름 받아서 사업한답시고 다 날리고 개털 되면 또 찾아와서 시비를 걸지. 이래서 아랫것들은 처음부터 확실하게 밟아버려야 하는데 말이야.'

온몸에 소름이 돋으며 파르르 떨려 왔다. 지우는 어찌할 바를 모르고 광인처럼 같은 자리를 맴돌고 있었다. 영업 부장의 목소리에 이어지기라도 하듯 준서의 목소리 또한 바로 조금 전에 들은 것처럼 귓가에 선명하게 떠올랐다.

'앞으로 어떻게 행동하는 것이 이로울지 잘 생각해 봐요.'

그것은 아마 그가 준 마지막 기회였을 것이다. 그 기회를 잡지 못한 건 자신인데, 이상하게도 자꾸만 그가 원망스러워졌다. 자신들만의 비밀계단에서 은밀한 대화를 나누며 자신을 비웃었을 은수 또한 한없이 원망스러웠다. 지우는 떨리는 손으로 휴대폰을 꺼내 은수에게 전화를 걸었다.

「선배, 어젠 어떻게 된 거예요?」

"넌 다 알고 있었지?"

지우는 다짜고짜 따지듯이 물었다.

"다 알면서 말해주지도 않고 준서와 같이 날 비웃었겠지?"

「그게 무슨 말이에요? 비웃다니 대체……」

당황하는 은수의 목소리 뒤편으로 준서의 목소리가 들렸다. 누구냐고 묻고, 전화를 바꿔달라고 하는 것 같았다.

"정우는 사라졌어. 내 몫을 주기 싫어서 없어져버렸어. 어떡할 거야? 네가 책임질 거야? 책임지라고!"

지우는 상대가 은수가 아닌 정우이기도 한 것처럼 화풀이하듯 소리를 질렀다.

「당신이 못나서 벌어진 일에 지금 누구를 탓하는 겁니까?」

휴대폰에선 준서의 목소리가 들렸다.

「현지우 씨 미성년자입니까? 당신이 한 일을 왜 다른 사람이 책임져야 합니까?」

그는 지극히 사무적인 목소리로, 흥분하지도 않은 채 또박또박 말했다. 지우는 말문이 막혀 아무런 대답도 하지 못했다.

「내 아내에게 한 번만 더 이런 식으로 무례하게 굴면 이제 내가 가만있지 않을 겁니다. 알아듣겠어요?」

지우는 괴로운 신음을 토해내며 휴대폰을 귓가에서 살짝 떼어냈다. 그의 목소리는 메아리처럼 아득하게 들려 왔다. 그녀는 어떠한 말도 하지 못한 채 눈을 감았다. 차가운 바람이 뺨을 때리고 지나갔다. 봄이 오려면 아직 멀었나 보다. 매서운 추위에 정신을 차릴 수가 없었다.

"이만 끊겠습니다."

지우는 겨우 한마디를 내뱉고는 전화를 끊으려 했다. 그때, 다시금 준서의 목소리가 들렸고 지우는 황급히 전화를 귀에 가져갔다. 그가 분명 듣기 좋은 말은 하지 않을 터인데 이상하게도 그의 한마디, 한마디를 놓칠 수가 없었다. 어쩌면 정우가 어디로 숨었는지 알 수 있을 것 같은 희망 때문이었다.

「한 가지만 말해주죠. 엄밀히 따지면 정우와 난 형제가 아닙니다. 그는 아버지의 친자가 아니고, 그의 어머니는 아버지의 동거인일 뿐이었으니까.」

준서의 말은 소름끼치도록 오싹했다. 지우는 하얗게 질려버렸고, 준서는 곧 전화를 끊었다. 뚜뚜 거리는 신호음이 들리는데도 지우는 멍하니 휴대폰을 귀에 댄 채 서 있었다. 그 자리에 굳은 듯 꼼짝 못하고 서서 겨울의 찬바람을 맞고 있었다. 거세게 부는 바람에 눈발이 섞여 있었다.

지우는 쏟아지는 햇살에 눈이 부시어 잠에서 깨었다. 한낮의 해는 초여름처럼 뜨겁게 내리쬐고 있었다. 이제 완연한 봄인가 보다. 그녀는 천근같은 몸을 일으키고 지난 밤 미처 끄지 못한 채 그대로 두었던 컴퓨터를 껐다. 작은 탁자 위에는 저녁으로 먹었던 라면 봉지와 김밥 몇 개가 뒹굴고 있었다. 텔레비전의 리모컨을 찾다 보니, 책꽂이에 꽂아둔 밀린 세금고지서가 눈에 들어왔다. 저도 모르게 한숨이 나왔다. 통장잔고는 마이너스가 된 지 오래였다. 그 와중에도 그녀는 대출까지 받아서 흥신소를 찾아갔더랬다. 그곳에서 알아낸 바에 의하면 정우는 지방의 작은 소도시에서 제법 그럴듯한 술집을 운영하고 있었다.

　그녀는 밝은 색의 트렌치코트를 걸치고 밖으로 나왔다. 길가엔 벚꽃 잎이 흩날리고 있었다. 그녀는 환상처럼 아득하게 하늘을 올려다보며 걸었다. 카페 안으로 들어서자 부풀린 파마머리의 여자가 그녀를 맞이했다. 그녀는 새벽녘까지 일을 해서 피곤한지 연거푸 하품을 하며 에스프레소를 주문했다.

　"그런데 왜 나를 만나자고 했어요?"

　파마머리의 여자는 커피가 나오자마자 물었다.

　"그 가게에서 일하면 얼마나 받아요?"

　지우는 그녀의 질문엔 대답하지 않고 그녀를 똑바로 쳐다보았다.

　"카페에서 커피나 뽑을 때보단 많이 받죠. 그래봐야 다달이 사채 빚 갚고 나면 남는 것도 없어요. 입에 풀칠이나 하는 수준이죠."

　그녀는 또다시 하품을 하며 말하다가 문득 지우를 미심쩍은 눈으로 흘겨보았다.

"그런데 이런 건 왜 물어요? 혹시 누가 시킨 거예요?"

지우가 영업 부장과 함께 자신이 일하던 가게에 왔었던 것이 신경이 쓰이는 모양이었다. 지우는 웃으며 그녀를 안심시켰다. 그녀는 마지못해 고개를 끄덕였지만 여전히 의심은 풀지 않는 눈치였다. 지우는 뒷말을 어떻게 꺼내야할지 잠시 고민하며 유리벽 밖으로 시선을 돌렸다. 문득 신 사장이 맞은편 건물로 향하고 있는 것이 보였다. 총무의 말에 의하면 마치 실종된 것처럼 자작극을 벌였다던 그는 이제 다시 무슨 일을 꾸미는지 뻔질나게 준서를 찾아온다고 한다.

"언니, 나 밥 좀 사줘요. 배고파 죽겠네."

문득 파마머리의 여자가 애교를 부려대며 말했다. 지우는 주머니 사정이 여의치 않았으나 어쩔 수 없이 스테이크를 주문해 주었다. 그녀는 며칠 굶은 사람처럼 허겁지겁 먹어 댔다.

"이렇게 사는 거 지겹지 않아요?"

지우는 고기를 급하게 씹어 넘기는 그녀에게 나지막이 물었다.

"지겨워도 어쩌겠어요. 방법이 없는데."

그녀는 귀찮다는 듯 겨우 대답했다.

"큰돈을 벌면 빚도 갚고 하고 싶은 것도 할 수 있잖아요."

지우가 다시 말하자 그녀는 짜증이 난 듯 인상을 썼다.

"그래서 언니가 큰돈을 벌게 해줄 수 있다는 거예요, 뭐예요."

그녀는 포크를 내려놓고 지우를 흘겨보았다. 지우는 그녀의 타박 섞인 눈빛에도 아랑곳하지 않고 정우에 대한 이야기를 시작했다. 함께 일을 하던 친구가 있었는데 막상 돈을 벌어들이게 되자 내 몫은 주지도 않고 달아나버렸다, 그는 지금 지방에서 술집을 운영하고 있다……. 지우의 이야기가 그럴듯한지 그녀는 멍하니 귀를 기울이고 있었다.

"어때요? 할 수 있겠어요?"

"뭘요?"

그녀는 지우의 갑작스런 물음에 당황한 듯 되물었다.

"그의 약점을 캐는 것 말이에요."

그녀는 한꺼번에 큰돈을 벌 수 있다는 것에 솔깃해졌는지 긍정도, 부정도 하지 않은 채 물끄러미 생각에 잠겼다. 아마도 사채업자에게 매달 상납하듯 빚을 갚아야 하는 생활이 지긋지긋할 것이다.

"좋아요. 어차피 일을 그만둬야 되는 것도 아니고, 지방이지만 다른 가게로 옮기는 정도라면 뭐 나쁘지 않겠네요."

그녀는 상기된 얼굴로 말했다. 지우는 그녀를 보며 환하게 웃어주었다. 이윽고 그녀가 정우의 가게에 취직해 어떤 식으로 그의 약점을 캐낼 것인지 상의를 하기 시작했다. 카페의 직원이 빈 그릇을 치우며 의문이 담긴 얼굴로 그녀와 지우를 번갈아 바라보았다. 한때 자신의 동료였던 여자와 단골손님이었던 여자가 만나서 무슨 말을 그렇게 속닥거리는지 궁금한 듯했다.

한참을 이야기하다 보니 어느덧 날이 저물고 있었다. 오후의 햇살이 사라져도 여전히 벚꽃은 아름다웠다. 지우는 희망에 부푼 채 봄날의 도시풍경에 취하기 시작했다. 준서에 대해 소설처럼 써내려갔던 그의 사생활 이야기는 삭제한 지 오래였다. 대신 정우를 관찰하며 또 다른 'K씨의 사생활'을 시작하리라 마음먹었다. 핏빛 같은 저녁노을은 하늘을 빨갛게 불태우고 있었다.